쉼, 나를 돌아볼 시간

쉼, 나를 돌아볼 시간

초판 1쇄 인쇄 2016년 7월 22일
초판 1쇄 발행 2016년 7월 29일

지은이 이상 · 채만식 · 이효석 외
발행인 임채성
디자인 산타클로스

펴낸곳 도서출판 판테온하우스
주　소 서울시 양천구 목동 923-14 드림타워 제10층 1010호
전　화 070-4121-6304　　　**팩　스** 02)332-6306
메　일 pacemaker386@gmail.com
카　페 http://cafe.naver.com/lewuinhewit

출판등록 2010년 4월 22일(신고번호 제313-2010-119호)

종이책 ISBN 978-89-94943-34-3　　03810
전자책 ISBN 978-89-94943-35-0　　05810

이 도서의 국립중앙도서관 출판시도서목록(CIP)은 서지정보유통지원시스템 홈페이지
(http://seoji.nl.go.kr)와 국가자료공동목록시스템(http://www.nl.go.kr/kolisnet)에서 이용
하실 수 있습니다. (CIP제어번호: CIP2016016145)

쉼, 나를 돌아볼 시간

우리 문학을 대표하는 10명의 작가가 전하는
더 단단하고, 느긋한 삶을 위한 스물아홉 편의 휴식 이야기

글 이상 · 채만식 · 이효석 외

판테온하우스

휴식,
나를 돌아보는 소중한 시간

"인간의 모든 불행은 단 한 가지, 고요한 방에 앉아 휴식할 줄 모르는 데서 온다."

파스칼의 말이다. 이처럼 우리에게 있어 휴식은 매우 중요하다. 휴식을 통해 삶을 재충전할 수 있을 뿐만 아니라 이를 통해 한 단계 더 도약할 수 있기 때문이다.

이상, 채만식, 이효석, 노천명, 노자영⋯⋯ 각자 책 몇 권쯤은 너끈히 엮어낼 수 있는 우리 문학사를 대표하는 걸출한 작가들이다. 그들 역시 수많은 작품 속에 휴식에 관한 이야기를 담아냈다. 하지만 그들에게 있어서 휴식은 단순히 쉬는 것이 아닌 자신을 돌아볼 수 있는 소중한 시간이었다. 이에 삶에 지친 자신을 위로하기 위해 평소에 즐기지 못했던 취미를 즐기기도 했으며, 조용한 곳을 찾아 자신만의 사색에 빠지며 삶을 재충전하기도 했다.

넓은 바다, 푸른 물결이 그리워 바다를 찾았다. 아우성치는 세상을 떠나, 하얀 명주 모래 위에 7월의 푸른 하늘과 새파란 바다를 벗 삼고, 고단한 나의 영(靈)을 대자연 속에 자유롭게 놓아주었다.

- 노천명, 〈해변단상〉 중에서

달도 없는 그믐칠야(漆夜, 옻칠한 듯 어두운 밤)면 팔봉산도 사람이 침소에 들 듯 어둠 속으로 완전히 사라지고 맙니다. 하지만 공기는 수정처럼 맑고, 별빛만으로도 충분히 좋아하는 《누가복음》을 읽을 수 있습니다. 참별 역시 도시보다 갑절이나 더 많이 뜹니다. 너무 조용해서 별이 움직이는 소리가 들릴 것만 같습니다.

- 이 상, 〈산촌여정〉 중에서

잠시 발걸음을 멈추고 생각해보라. 혹시 붉게 물든 석양을 바라볼 시간이 없을 정도로 바쁘게 살고 있지는 않은가? 만약 그렇다면 생각을 바꿀 필요가 있다. 노을 진 석양을 바라보며 감탄하기에 가장 좋은 순간은, 그럴 시간이 없다고 생각되는 바로 그 순간이기 때문이다.

누구나 한적한 곳에서 한가로이 시간을 보냈으면 좋겠다는 생각을 한번쯤은 해본 적이 있을 것이다. 그렇다면 이번 휴가에는 혼탁한 도시의 무더위와 짜증을 피해 해변이나 계곡에서 휴식을 느긋하게 즐기면서 이 책을 한번 읽어보는 건 어떨까. 마음의 위안을 얻을 만한 문구들이 책 속에 가득할 뿐만 아니라 책을 읽는 재미 역시 쏠쏠하다.

차 례

넓은 바다, 푸른 물결이 그리워 바다를 찾았다.
아우성치는 세상을 떠나,
하얀 명주 모래 위에 7월의 푸른 하늘과 새파란 바다를 벗 삼고,
고단한 나의 영(靈)을 대자연 속에 자유롭게 놓아주었다.
푸른 물, 흰 모래, 새빨간 해당화…….
이 모든 것들은 고달픈 나의 마음에 평온한 안식을 가져다준다.

- 노천명 〈해변단상〉 중에서

• 일러두기

_독자의 이해를 돕기 위해 본문의 띄어쓰기와 맞춤법은 가능한 한 현대어 표기법을 따랐으며,
내용 이해가 어려운 경우에 한해 원문과 현대어를 함께 표기했습니다.

임의 품을 바다 같다고 누가 말하였습니까?

별이 내리고 산호가 가지 치는

그 넓은 바다, 그 푸른 바다!

임이 품은 정열과 매력의 산호가 그늘진

장밋빛 바다, 청옥의 바다!

그 품을 누가 바다 같다고 말하였습니까?

_노자영, 〈갈매기〉 중에서

여름날의 추억

_노자영

그리운 벗이여!

그대의 편지를 오늘 아침 반갑게 받았습니다. 나는 지금 막 해수욕을 하고 돌아온 길입니다. 몸이 나른하도록 물속에서 장난을 치고 돌아와서 한참을 누워있었지요. 아! 다시 생각해도 시원하기 그지없습니다.

푸른 바다! 해풍에 나부끼는 아가씨들의 검고 긴 머리카락! 결코 싫지 않은 바다의 유혹! 그 속에 이끌려 살이 새까맣게 타는 것도 모른 채 날마다 명사십리를 향해 나섭니다.

요즘은 날씨마저 좋습니다. 그래서인지 인어처럼 예쁜 사람들의 그림자가 아침부터 저녁까지 끊일 줄 모릅니다. 이곳에는 빈부귀천도 없습니다. 남녀를 불문하고 모두 자유롭게 즐길 뿐입니다. 이에 더는 옛날의 에덴동산을 꿈꾸지 말고 이곳으로 오라고 말하고 싶습니다.

쪽빛 푸른 하늘에는 흰 구름이 신선이 되어 유람하는 듯— 그러나 바다에서 보면 어느 것이 하늘이요, 어느 것이 물인지 알 수 없습니다.

참, 오늘은 바둑돌같이 알락알락한(여러 가지 밝은 빛깔의 점이나 줄 따위 무늬가 고르게 촘촘한) 조개를 한 바가지나 잡았습니다. 저녁에 국을 끓여 먹을 생각입니다. 어제는 도미와 꽃게를 사 왔는데, 도미는 구워 먹고, 게는 기름에 볶아서 배가 터지도록 먹었습니다.

요즘, 우리는 날마다 노는 것이 일입니다. 그래서 어떻게 하면 더 재미있게 놀까—그 연구뿐입니다.

정숙이, 연주, 정옥이 모두 왔습니다. 우리는 수영 후 모래밭에 큰 우산(파라솔)을 받쳐놓고 노래도 부르고, 장난도 치며, 즐겁게 지냈습니다. 하지만 뭔가 허전했습니다.

그건 바로 당신이 없기 때문입니다. 당신도 함께했다면 더 즐거웠을 텐데. 그뿐이겠습니까?

—요즘 들어 밤이면 고운 달이 떠, 저녁을 일찍 먹고 송도원 송림 사이로 달구경을 가곤 합니다. 달은 흔들리는 물결을 붉게 물들여 결국 내 마음마저 흔들어 놓습니다. 바둑돌을 하나둘씩 던지며 끝없는 꿈속에 잠기노라면, 실바람을 타고 오는 노랫소리와 바이올린 소리가 왜 그리도 신비스러운지—그럴 때면 가수가 되지 못한 것이 후회됩니다. 만일 그때 당신이 옆에 있었다면! 서운한 마음에 뒤를 돌아본 적도 여러 번 있습니다.

당신도 알다시피, 우리 편(경숙이네 형제와 우리 형제)은 울지 못하는 매미와도 같습니다. 그래서 화가 나면 기타 줄만 되는대로 쥐어뜯곤 합니다.

누구나 아름다운 여름밤을 노래하고 싶을 것입니다. 하지만 노래를 못 하는 우리로서는 그것이 못내 부러울 뿐입니다.

다리 인근에는 피서객으로 가득합니다. 그들은 그 밤을 그냥 보내기가 아쉬운 듯, 밤이 깊도록 돌아갈 줄 모릅니다. 아! 아름다운 여름밤—이곳 의 밤은 환락의 밤이요, 신선들의 세계입니다.

당신이 잘 부르는 〈호프만의 뱃노래(오펜바흐 오페라 '호프만의 이야 기'에 나오는 아리아)〉가 귓전을 스치고 달아납니다.

단 하루라도 좋으니, 다녀갈 수는 없는지요? 우리가 살면 얼마나 살겠 습니까? —복잡한 현실과 너무 싸우지만 말고 눈 딱 감고 한 번 오시구 려. 난들 돈이 많아서 왔겠습니까? —건강한 몸을 얻어가니 뿌듯할 뿐입 니다.

내가 소화불량 때문에 얼마나 힘들었는지 잘 알고 있을 것입니다. 하 지만 지금은 그 그림자도 찾을 수 없을 만큼 건강합니다. 심지어 삼시 세 끼만 먹고는 배가 고파서 도저히 견딜 수 없을 지경입니다.

혹시 지난번에 말했나요?—방을 얻어 자취하고 있다고. 그것이 여간 재미있지 않습니다. 특히 방이 넓어 시원해서 좋을 뿐만 아니라 바다에 서 나는 온갖 해초와 생선으로 반찬을 삼습니다. 어찌나 맛있는지 저녁 이면 밥을 네 공기씩이나 먹곤 합니다.

한 달은 더 이곳에 머물 생각입니다. 바쁘지 않으냐고요? 몸을 건강하 게 한 후 더 부지런히 일할 생각입니다. 그러니, 그 안에 한 번 다녀가시구

려. 차비만 들고 오면 됩니다. 밥은 걱정하지 않아도 됩니다. 제가 대접할
테니까요.

그럼, 기다리겠습니다. 언제 오겠다는 편지만 주십시오. 시간에 맞춰
마중 나가도록 하겠습니다. 글피가 일요일이니, 모레 오후에 오면 좋을
텐데…….

그럼, 다시 만날 날을 기다리며, 여기서 이만.

S로부터.

－1939년 서간집 《나의 화환》

산가일기

_노자영

─ 산사의 여름

6월 14일 금요일 맑음

이곳에 온 지도 벌써 두 달.

뜰 앞에 목련(木蓮)이 피었다. 하얀 구슬 같은 이슬이 푸른 잎사귀 위에 대굴거리고, 무한한 순결을 자랑하는 하얀 꽃봉오리가 강한 생명력을 지닌 채 피어오른다. 하늘빛 잎사귀, 눈빛 봉우리의 아름다운 조화 위에 자랑스러운 호화(豪華, 사치스럽고 화려함)의 기세.

아침 뜰 앞에 서서 그 꽃봉오리를 여러 번 만졌다. 그리고 떠나기 어려운 듯이 그 꽃 밑에서 한 시간이나 머뭇거렸다. 이 세상에 이보다 더 아름다운 곳이 또 있을까?

신의 거룩한 표정! 순결하고 성스러운 최고의 아름다움!

첫 여름에 피는 목련은 이처럼 아름답다. "한 떨기의 꽃 아래 머리를 숙여 본 적이 있는가?"라는 로댕의 말처럼.

낮에는 송림 속 검은 바위 위에서 새들의 울음을 들으며 먼 산을 바라보았다. 송림 사이에 이는 미풍은 서늘하고 신비스럽기 그지없었다.

밤에는 촛불 밑에서 옛 여인의 얼굴을 여러 번 그렸다. 사진첩을 뒤적거리며 손으로 가슴을 만지는 이 마음이여! 동구 밖에서 울려오는 산개 소리가 꿈 깊은 산곡(山谷, 산모퉁이)을 이따금 깨운다.

예이츠(William Butler Yeats, 아일랜드의 시인이자 극작가. 1923년 노벨문학상을 받음)의 시집을 들고 속으로 몇 구절을 여러 번 되풀이했다.

6월 25일 화요일 맑음

아침에 우는 산새 소리가 정답다. 내 방 창 밑으로 밀어(密語, 남이 못 알아듣게 비밀히 말함. 또는 그렇게 하는 말)를 보내는 그 마음을 뉘라서 알까? 오늘의 행복을 약속함인가?

자리에서 일어나 뒷산을 바라보니, 북악산에는 엷은 안개가 산의 얼굴을 얄밉게 가리고, 산 아래 밤나무에는 이 산의 척후(斥候, 적의 지형이나 상황을 정찰하는 일)인 까치가 산곡을 지키고 있다.

냇가에 내려가 손을 씻고, 가래나무 밑에서 나무 그늘의 향기를 맡았다.

낮에는 침상에 누워 명상의 실마리를 몇 번이나 감고 풀고 하였다. C가 왔다 갔다.

밤에는 가는 비가 소녀의 눈물처럼 부드럽게 내렸다.

보슬보슬 마른 땅을 적시는 부드러운 촉수(觸手)! 대지에 기름을 붓는 네 마음이여!

6월 27일 목요일 맑음

아침을 먹은 후 시냇가 바위 옆 등의자(등나무 줄기로 엮어 만든 의자)에 앉아 귀를 기울였다. 이파리와 이파리 사이에서 일어나는 가느다란 파동! 비단처럼 매끈하고 부드러운 음향의 촉수! 아, 나무 그늘의 서늘한 촉각이 녹슬어버린 내 마음의 창문을 두드렸다. 푸른 잎의 영원한 젊음! 녹향청훈(綠香靑薰, 신록의 향기에 취하다)의 부드러운 촉수!

여름은 젊음의 계절! 그러니 생의 한 시각인들 무색하게 지낼 것인가.

날씨가 더운 탓에 부채질하며 하루를 보냈다. 항상 누워있어야 할 몸이니 편하기는 하지만 몹시 지루했다. 평안과 휴식도 도를 넘으면 고통이 된다. 건강한 사람도 종일 누워만 있으면 괴로운 것처럼. 하물며 병약한 나는 어떻겠는가.

저녁 해가 창문 위에 마지막 남은 한 줌의 정열을 쏟은 후 쓰러지자 물을 머금은 서늘한 밤이 찾아왔다. 그러자 은회색 안개가 부드럽게 암자의 대지를 덮고, 그 위로는 달의 서늘한 빛이 내렸다.

뜰 앞 가래나무는 달빛에 젖어 은편(銀片, 은색 조각)을 엮어놓은 듯했고, 푸른 솔잎 역시 은침으로 변했다. 목련은 깊은 성(城)의 공주처럼 방긋 입을 벌린다. 나무가 속삭이는 부드러운 여음(餘音, 소리가 그치거나 거의 사라진 뒤에도 아직 남아 있는 음향)! 그리고 땅에 가로누운 검푸른

나무 그늘!

달의 촉수는 모든 것을 평화의 고대(高臺, 높이 쌓은 망루)로 낚아 올린다. 흰빛 모래땅을 고요히 밟으며 묵화 같은 나무 그늘을 손으로 만지는 내 마음이여! 은빛 촉수가 외로운 내 마음의 실마리를 이렇게도 풀어 놓는가?

달빛이 푹 젖은 떡갈나무 잎 위에 저녁 이슬이 굴러 내릴 듯 빛나고, 나무 그늘 속에서는 고양이가 누군가를 기다리는 것처럼 고요하게 쪼그리고 앉아 달빛을 바라본다.

북쪽 골짜기에서 쑥쑥 새 우는 소리가 은은히 들려온다. 산곡의 밤은 이렇게도 고요한가?

7월 1일 월요일 맑음

고요한 산곡도, 속인(俗人, 세상 사람)의 자취도 모두 어지럽다. 절에 재(齋, 공양을 올리면서 하는 불교 의식)가 있어서 일찍이 보지 못했던 사람들을 보게 되었다. 그러다 보니 본의 아니게 이틀 동안 뒷산 산당(山堂, 산신을 모시는 집)으로 거처를 옮겨야 했다.

그곳은 전후좌우가 송림으로 둘러싸이고, 옛 성이 멀리 남쪽을 향해 구렁이처럼 긴 몸뚱이를 산정에 걸치고 있었다.

온종일 산당 마루에 누워 하늘을 쳐다보았다. 오늘따라 유난히 높고, 넓은 듯했다. 이에 새삼스레 그 깊이를 가늠해보았다. 그러자 "하늘의 광장(廣長)을 헤아리는 네 마음이여, 차라리 너는 한 덩어리 구름으로 그 하늘에 쓰러져 버려라"라는 글귀가 문득 떠올랐다.

송림 사이로 가끔 산비둘기가 와서 뭐라고 떠들다 간다. 노랗고 파란 산비둘기! 그 지순한 마음과 부드러운 음향이 '벗이여!' 하며, 내 영혼을 푸른 송림 사이로 끌어내는 것 같다.

낯선 산당에서 혼자 자려니 잠이 오지 않았다. 솔잎 위에 뜬 별이 잠들지 말고 일어나라며 나를 부르는 듯했다. 누구라도 좋으니 한 사람만 옆에 있었으면 좋겠다. 하지만 솔잎에 흔들리는 바람 소리뿐. 아무도 나를 찾는 이가 없다.

9월 25일 목요일 맑음

이제 아침저녁으로 제법 선선한 바람이 분다.

뒷산 골짜기에서 들국화 한 송이를 꺾어 왔다. 하얀 봉우리— 세상의 모든 정결과 성스러움을 가진 듯한 그 표정! 아, 강한 자여! 네 지존(至尊)에 내 마음이 움직인다. 거룩함과 높음과 깨끗함을 파는 모든 사람. 아! 그대들은 이 들국화 꽃잎 앞에 발을 멈추고 고개를 숙인 적이 있는가?

들국화 한 송이를 화병에 꽂고 고요히 눈을 감았다. 아! 주여, 나의 영혼에 저 꽃을 삭여주소서.

하늘은 높고, 구름은 하얗다. 산새들은 요란스럽게 속삭인다. 모든 나무가 가벼운 발자국으로 하늘을 향해 승천할 것만 같다. 은령(銀鈴, 은방울)의 바람은 솔잎을 안고 골짜기 안에 퍼진다.

– 1939년 서간집《나의 화환》

백양사에서

_노자영

오늘은 7월 14일.

어제 백양사(白羊寺)에 다니러 왔습니다. 그런데 이게 웬일입니까. 바람이 심하게 불더니, 수심(愁心)에 젖은 검은 하늘에서는 곧 방울방울 눈물이 흘러내립니다.

아, 당신은 오늘 무엇을 하였나요?

아침에 닭고기를 먹고 포도주를 마시며 당신을 생각했습니다. 그리고 식사를 마치고 늘어져 있던 발(가늘고 긴 대를 줄로 엮거나, 줄 따위를 여러 개 나란히 늘어뜨려 만든 물건으로 무엇을 가릴 때 사용한다)을 헤치니, 아, 이게 웬일입니까? 파랑새 한 마리가 창문 옆 소나무에서 아름답게 울고 있지 않겠습니까. 임의 혼이 새가 되어 우는 것일까요?

새가 되어 당신 창에 울어보리까?

꽃이 되어 당신 집에 피어보리까?

새도, 꽃도 못 되는 이 내 마음은

꿈으로만 당신 집을 찾아간다오.

이런 노래를 생각하며 당신을 몇 번이나 생각하였습니다.

아, 그리운 이여!

당신은 이런 때 왜 내 옆에 계시지 않습니까?

점심을 먹고 약수터에 다녀오는 길이었습니다. 송화색(松花色, 소나무의 꽃가루 빛깔처럼 엷은 노란색) 꾀꼬리 한 마리가 슬피 울면서 척척 늘어진 소나무 가지에서 왔다 갔다 했지요.

만일 당신이 계셨더라면 그 언제인가 하시던 모양으로,

"나 꾀꼬리 잡아줘, 응!" 하고 응석을 부렸겠지요.

아, 그 빛나는 황금색 꾀꼬리! 당신의 고운 혼이 지금 저 새가 되어 울고 있지는 않은지요?

나는 온종일 방에서 뒹굴며 잘 그리지도 못하는 솜씨로 종이 위에 당신을 그려놓고, 사랑하는 나의 사람이니, 혹은 'Love is Best'니 하는 글들을 그 옆에 써 보았습니다.

하지만 모두 쓸데없는 장난에 불과합니다. 차라리 만돌린(기타처럼 생긴 현악기)을 들고 잊어버린 옛날 노래나 부를까 합니다.

밤이 깊어 옵니다. 빗소리! 바람소리! 멀리서 우는 까마귀소리! 긴 숲의 그늘이 꿈을 타고 멀리 하늘 위로 떠오르는 밤입니다. 산도 깊고, 숲도 깊어 끝없는 적막만이 온누리를 파고 돕니다.

아, 이 밤에 누구를 찾아 꿈나라에 실려 가오리까?

그럼 안녕하소서. 총총!

-1939년 서간집《나의 화환》

세심천의 달밤

_노자영

파운 형!

그간 안녕하십니까? 요전에 정거장까지 나와 주셔서 정말 감사했습니다. 이 아우는 그다음 날 아침 무사히 삼방(三防)에 도착했습니다.

삼방이라고 하면, 풍경이 매우 좋을 것으로 생각했습니다만, 실상 와서 보니 그리 감탄할 수준은 아닙니다.

피서객이란 대개 아픈 사람이 많고, 그밖에 모던 보이와 모던 걸도 다수 있습니다. 그들이 컵을 들고 약수터로 모여드는 광경은 매우 이채롭습니다. 제각기 물을 한 잔이라도 더 먹으려고 야단이기 때문입니다. 그 약수란 '사이다' 비슷한 것으로 위장병에 특히 효과가 좋다고 합니다.

파운 형!

삼방은 고원지대라 매우 시원합니다. 이에 요즘 같은 삼복염천(三伏炎天, 삼복 무렵의 몹시 심한 더위)에도 아침저녁으로는 겨울 외투를 입어야 할 정도입니다. 그래서인지 모기도 별로 없습니다. 또 세심천(洗心 川)이라는 큰 시내가 흰 파도를 날리며 흉흉(洶洶, 물결이 세차고 물소리 가 매우 시끄러운)이 흘러가고, 뒤에는 기각봉(奇角峯)이 병풍처럼 서 있습니다. 아마 그것마저 없다면 심장이 없는 사람과 똑같을 것입니다. 숲에 청정한 소나무 한 그루 없기 때문입니다.

파운 형!

세심천의 달밤은 매우 아름답습니다. 깊은 산을 넘어오는 달빛은 명 랑하거니와 세심천 위에 비치는 그 그림자는 문자 그대로 금이 아니면 옥입니다. 반금반옥(半金半玉)의 물결이 바위에 부딪히며 천조만사(千 條萬絲, 길고 가느다란 물건이 여러 갈래로 늘어진 모양)의 안개를 뿜 고, 방울마다 구슬이 되어 하면일폭(河面一幅, 물빛에 그린 한 폭의 그 림)에 날리는 광경은 흡사 도시의 네온사인을 연상케 합니다. 그리하여 'Illumination'에 취한 손님들은 바위 위에 화석처럼 앉아 명상에 빠지곤 합니다. 그리고 어디선가 여자의 가냘픈 목소리가 들려옵니다.

사랑인가? 눈물인가? 긴 한숨인가?
장미꽃 붉은 떨기에는 가시가 있네.

형!

세심천의 달밤이 없다면 삼방은 아무것도 아닙니다. 누가 약수만 먹기 위해서 삼방을 오겠습니까? 삼방이 아름답고, 삼방이 좋다는 것은 모두 세심천의 아름다운 달밤 때문입니다.

형!

한번 오시구려. 형의 애인 역시 이곳을 매우 좋아할 것입니다. 세심천 달밤에 한번 취하는 것은 값비싼 포도주 몇 잔 먹고 호기를 부리는 것에 비할 바가 아닙니다. 사람들에 의하면, 자신도 모르는 사이에 세심천의 달밤에 취한다고 합니다.

형!

세심천에 비치는 달이 기각산을 넘기 시작하면 피서객들은 짝을 지어 콧노래를 부르며 숙소로 들어갑니다. 그들의 밤은 매우 달콤할 것입니다. 그 모습을 지켜보는 저는 창에 비친 달을 원망스럽게 바라보며 긴 밤을 지새우곤 합니다.

이곳은 숙소도 잘 정돈되어 있고, 밥값도 그리 비싸지 않습니다. 그러니 꼭 한 번 오시기 바랍니다. 총총!

–1939년 서간집《나의 화환》

바다 건너에서 떠오르는 해

저 마을에는 누가 살고 있는 걸까

우리 사는 세상에 빛을 보내주고

삶의 희망을 안겨준다.

아늑한 바다 건너의 풍경화

언제나 연민과 동경을 안겨주는 바다.

_ 이양우, 〈바다 건너의 꿈〉 중에서

해운대

_최서해

　차에서 내린 후 해운루(海雲樓) 앞에서 한참 망설이다가 해안을 향해 발을 옮겼다. 그때가 오후 5시 반. 여섯 시 반에 해운루 앞에서 만나기로 한 김 군은 벌써 도착해서 해안으로 통하는 길옆 어떤 집에서 나를 기다리고 있었다.

　나는 그가 기다리는 곳을 돌아보면서 그가 인도하는 대로 따라나섰다. 주변 시설은 그다지 보잘것없었으나 청산과 바닷소리만은 시들은 마음을 살리고도 남았다.

　푸른 논을 지나 백사장에 들어섰다. 날씨가 흐리고, 바람이 고약하다 보니, 물살이 한껏 더 거칠었다. 그래서일까. 해수욕하는 사람들 역시 찾아볼 수 없었다. 한마디로 쓸쓸하기 그지없었다.

　물결이 물결을 밀고 들어와 하얀 거품을 지우고 모래 위에서 쭉 퍼졌다가 다시 밀려 나갔다. 바닷가에서 나서 바닷가에서 이십 년이나 자란 내게는 그리 신기한 풍경은 아니었다. 그러나 탁 트인 수평선 위에 눈을 던질 때의 상쾌함이란 무엇과도 바꿀 수 없었다.

그때 해운대 끝에 흐트러져 있는 오륙도와 함께 멀리 수평선 끝으로 그림같이 외롭게 떠 있는 배 한 척이 눈에 들어왔다. 그러자 고향 앞바다의 망양정(望洋亭, 함경북도 성진에 있는 정자)이 문득 생각났다.

산천 역시 인물과 다름없다. 시대와 환경을 잘 만나야 그 이름이 사람들의 입에 오르내리기 때문이다. 우리가 동정호(洞庭湖, 중국의 담수호 중 두 번째로 큰 호수)와 아미산(蛾眉山, 중국의 4대 불교 명산 중 하나)을 대동강이나 금강산보다 더 동경하는 것 역시 그 때문이다. 생각건대, 성진의 자랑이요, 명승지인 망양정 역시 교통이 좋은 곳에 있었다면 해운대보다 나으면 나았지 못하지는 않았을 것이다. 그래서일까. 아무리 생각해봐도 내 눈에 비치는 해운대는 망양정에 비길 수 없었다. 하지만 오래 두고 동경하던 곳을 처음 밟는 기분이란 무엇과도 바꿀 수 없으리라. 더욱이 칠팔 년이나 보지 못했던 바다를 오랜만에 보니 나도 모르게 가슴에 흥이 넘쳤다. 이에 옷을 훌훌 벗어 던지고 물속에 뛰어들어 발로 밀고 팔로 끌어당기면서 이 몸을 물 위에 조용히 띄우면 얼마나 좋으랴만, 날씨가 쌀쌀한 데다 몸마저 병들었으니, 아쉽기 그지없었다. 한마디로 지금 내게는 자유가 없었다.

할 수 없이 모래 위에 늘어놓은 어망과 후릿배(2~3명이 타고서 전어를 잡는 작은 배) 사이를 지나 해운대 아래 산재한 바위 위에 궁둥이를 붙이고 앉았다.

온천장 남쪽 바닷가에 머리를 바다에 잠근 채 봉긋이 솟아 있는 조그마한 산이 하나 있다. 청초(青草)에 온몸을 감싸고 군데군데 어린 솔이 어설프게 자란 탓에 그리 빼어난 풍경은 아니지만 어디 내놓아도 빠지지 않는다. 이것이 바로 그 이름 높은 해운대(海雲臺)다. 그 옛날, 최해운(崔海雲, 신라의 문장가 최치원)이 이곳에 누정(樓亭, 누각과 정자)을 짓고 자신의 아호를 따서 해운대라고 명명한 것이 지금은 이곳의 명사(名詞, 이름)가 되었다고 한다.

그 남쪽으로 멀리 보이는 바다 가운데 책상머리에 집어다가 놓기 좋을 만큼 보이는 작은 섬 여섯 개가 있다. 그것이 부산에서 보면 다섯이고, 여기서 보면 여섯이며, 또 어떤 때는 운무에 그중 작은 섬이 묻히면 다섯 개만 보이는 까닭에 오륙도(伍六島)라고 이름 붙여졌다고 한다.

남이야 죽든지 살든지 산수 간에 잠겨 홀로 시를 지으며 세월을 보낸 해운의 생애가 어찌 생각하면 게을러 보이고 밉기도 하지만, 온천에 몸을 씻고 청풍에 옷소매를 날리면서 앞으로 연파묘망(煙波渺茫, 안개나 연기가 자욱하게 낀 끝없는 수면)한 바다를 바라보고, 뒤로는 청산을 우러러 마음껏 맛보던 그 청악(清樂, 청렴을 지향하는 삶)이 일면 부럽기도 하다.

김 군으로부터 연전(年前, 몇 해 전)에 어떤 일본 남녀가 동래온정(東萊溫井)에서 며칠 묵은 후 이곳에 와서 해운대 앞바다를 바라보며 죽었다는 얘기를 들었다. 정열에 불타오르는 두 청춘이 뜨거운 가슴을 부둥켜안고 양양한 푸른 바다에 몸을 던질 때 그 가슴속은 과연 어땠을까. 바위에 부딪히고 바위틈 사이에 밀려들어 흰 꽃을 이루는 이 물결은 그때에도 있었으련만 지금은 말없이 들락날락할 뿐이니, 그 비밀을 알 사람이 뉘 있으랴.

우리는 저녁을 먹기 위해서 서둘러 마을로 돌아왔다. 그러자 흐렸던 날씨가 서쪽 하늘부터 방긋 개기 시작했다. 이에 뉘엿뉘엿 서산으로 넘어가는 해는 바다와 청산에 붉은빛을 던졌다. 해면에 흐르던 안개는 오륙도의 허리를 잠그고 다시 슬금슬금 기어오르더니 해운대의 밑동을 싸고 흐른다.

결국, 해는 넘어갔다. 흐린 하늘에 두서너 개의 별만 가물가물할 뿐, 바다와 섬과 산은 황혼 속에 온통 잠기고 말았다. 옷소매를 날리는 바람소리와 은은한 바닷소리만 의연할 뿐이었다.

해운대의 진경은 청랑(淸朗, 맑고 명랑함)한 달밤에 있다고 한다. 그러나 나는 그것을 볼 행운을 갖지 못했다. 날이 흐려서 맑은 달빛을 볼 수 없었기 때문이다.

저녁 후 온천에서 몸을 씻고 서늘한 해풍을 받으면서 컴컴한 길을 더듬어 해변으로 나오니 상쾌하기 그지없다.

동래에서 해수욕 온 일파가 해변에 천막을 치고 노영(露營)을 하고 있었다. 김 군의 소개와 그들의 후의에 힘입어 우리 역시 천막에서 밤을 새우기로 했다. 그러나 모기가 어찌나 많은지 앉아 있을 수가 없었다. 할 수 없이 불빛을 피해 모래사장 쪽으로 나갔지만, 그곳 역시 모기가 많기는 마찬가지였다.

앵앵거리는 모깃소리에 견딜 수가 없었다. 이에 김 군과 함께 물에 밀려 나온 마른 해초를 집어다가 불을 살라 연기를 피웠다. 하지만 그것 역시 아무 소용없었다. 결국 홧김에 일어서서 돌아다니며 밤을 새우기로 했다. 모기 덕분에 잠을 잘 수 없으니 해운대 야경만큼은 실컷 보겠구나, 라며 김 군과 둘이서 크게 웃었다.

달이 솟았다. 바다 위에 험한 산처럼 척 가린 검은 구름 봉오리 넘어서 달은 우리를 방긋이 넘겨다보고 있었다. 아담한 소녀가 무대의 장막을 방긋이 열고 나타나듯 달은 구름을 점점 밀면서 뚜렷이 나타났다. 그러자 '좋다—' 소리와 같이 장단 소리 청아한 여창(女唱)이 해변에서 일어났다.

잠시 후 거무칙칙하던 바다에 굵은 은빛 물결이 일렁거리기 시작했다. 바로 우리가 앉은 앞쪽부터 저편 달 아래 바다까지 수정렴(水晶簾, 수정 구슬을 꿰어 꾸민 아름다운 발)이 늘인 듯이 일자(一字)로 아글자글 끓는 물결! 엷은 밤안개에 잠긴 청산! 모두 그럴듯한 맛이 있다. 만일 내게 시재(詩才)가 있었던들 이 좋은 미경(美景)을 어찌 가만 두었으랴. 이에 시 쓰는 벗들이 간절히 생각났다.

잠시 후 흐르는 구름에 달은 자태를 다시 감추었다. 강산은 다시 으슥한 속에 잠겼다. 구름이 지나 달이 다시 나타날 때면 청산과 바다는 의연히 빛나리라. 그러나 밤이 깊어서는 구름이 하늘 전체를 차지해 다시는 달을 볼 수 없었다.

그럭저럭 오전 네 시가 지났다. 하지만 모기는 여전히 심했다. 모두 한껏 오른 술기운에 몽롱해져 꿈이 무르녹는데, 혼자 밤을 지새려니 괴롭기 그지없었다.

점점 밝아오는 새벽빛에 사면은 푸르스름했다. 바다 낯에는 안개가 한 벌 주―욱 가리고 있었다. 우두커니 서서 물소리에 귀를 기울이고 있자니, 알 수 없는 애수가 가슴을 찔러왔다. 그러자, 문득 정든 벗들과 고향이 그리워졌다. 이에 나도 모르게 북쪽 하늘로 머리를 돌렸다. 그러나 눈에 뵈는 것은 흐릿한 하늘과 으스름한 청산뿐이었다.

갑자기 피곤이 몰려와 김 군 곁에 누웠다. 하지만 웬걸, 김 군이 깨우는 바람에 눈을 뜨니 여섯 시가 넘어 있었다.

"먼저 가니 오전 차로 오라."는 김 군의 말을 얼핏 들으면서 졸음 가득한 눈을 다시 감았다.

다시 눈 떴을 때는 일곱 시 반이 지나 있었다. 모래 위에 이리저리 누웠던 사람들은 어느새 천막 안에 모여 있었다.

오늘도 날씨는 잔뜩 흐렸다. 잿빛 하늘 아래 감벽(紺碧, 약간 검은 빛을 띠는 청색)한 바다에는 벌써 바람을 배인 돛들이 이리저리 떠 있었고, 물새들은 물결을 따라 드나들며, 해운대와 오류도 밑동을 싸고 흐르는 안개는 그 건너편 청산골로 소리 없이 올리닫고 있었다.

잠을 변변히 자지 못한 나는 피곤한 다리를 마을을 향해 떼어놓았다. 머리에 쉬어 넘는 검은 구름을 보니, 곧 비가 내릴 것 같았다. 만일 오늘 날씨만 좋았더라면 멀리 수평선 위에 솟은 찬란한 태양에 타오르는 장밋빛 구름과 끓어 넘치는 금빛 파도를 봤을 텐데, 날이 흐려서 음울한 해경

(海景)만 본 것이 못내 섭섭했다. 하지만 흐린 해운대는 흐린대로 특색을 갖추고 있다. 나는 그로써 만족하련다.

-1925년 10월 〈신민〉 6권

물결은 바람부는 대로

사공은 노를 저어가며

승객은 흥을 따라 노래하니

반공에서 달도 우리를 환영하오.

_장정심, 〈대동강〉 중에서

괴물행장록

_김동인

지금이기에 이 이야기를 하나의 우스운 얘기라고 생각하며 말하지만, 막상 이 일을 처음 당했을 때는 너무도 창피해서 아무에게도 말할 수 없었다.

8~9년 전 여름

평양에서 여름을 지내는 가장 좋은 방법으로 누구나 대동강을 택한다. 거기서 한바탕 멱을 감은 후 버드나무 수풀에서 낮잠이라도 한잠 실컷 자고 나면 몸이 날아갈 듯이 개운할 뿐만 아니라 괴로운 더위를 잊을 수 있기 때문이다.

어느 한 여름, 나는 매생이(노로 젓게 된 작은 배)를 저어 능라도에 가서 멱을 감은 후 섬에 올라가서 낮잠을 한잠 잤다. 그런데 집으로 돌아가려고 돌아와 보니 벗어두었던 옷이 사라지고 없지 뭔가. 양복, 구두, 내복,

속옷, 양말, 모자 할 것 없이 모두 흔적도 없이 사라지고 만 것이다. 혹 섬에 벗어두었나 싶어 다시 섬으로 올라가서 찾아봤지만 아무리 찾아봐도 없었다. 기억을 더듬어 봐도 매생이에 벗어두었음이 틀림없었다. 그렇다면 도적을 맞은 것이리라.

생각건대, 그놈은 지독한 놈이 분명했다. 하다못해 속옷 하나 남겨 놓지 않고 모두 훔쳐갔기 때문이다. 좌우간 큰일이었다. 속옷이라도 있으면 어디 민가에라도 들어가서 옷을 빌리기라도 하련만, 발가벗은 상태로는 어쩔 도리가 없었다. 더욱이 저녁때가 가까워지면서 기생들을 태운 놀잇배들이 능라도로 몰려 올라오기 시작하였다. 속옷만 있어도 괜찮을 텐데, 참으로 딱하게 되고 말았다.

할 수 없이 다시 섬으로 올라가 발가벗은 몸을 수풀 속에 웅크리고 앉았다. 그렇다고 하늘에서 옷이 떨어질 것도 아니매, 언제까지 그 자리에 웅크리고 있어야 할지, 스스로 생각해도 참 한심했다. 만일 옷이 생길 때까지 이러고 있어야 한다면 영원히 웅크리고 앉아서 말라 죽지 않을 수 없을 듯했다. 그렇다면 발가벗은 채로 능라도 수풀에서 말라가야 하나. 이런 극단적인 생각마저 들었다.

수풀 건너편에서 들리는 기생들의 노랫소리며, 술꾼들의 혀 꼬부라진 소리가 마치 다른 세상에서 들려오는 듯했다. 이에 이상야릇한 슬픈 생각조차 들어 기가 막힐 따름이었다. 하필이면, 그날따라 웬 놀잇배가 그렇게도 많은지 능라도 인근은 놀잇배로 가득했다.

나는 점심도 거르고, 저녁도 거른 채 밤이 되기까지 수풀 속에서 그대로 웅크리고 있었다. 혹시 밤이 깊으면 발가벗고라도 갈 수 있지 않을까 싶었기 때문이다. 하지만 그건 망상에 지나지 않았다. 아무리 밤중이기로서니 평양 대로를 발가벗은 채 다녔다는 얘기는 지금까지 한 번도 듣지 못했기 때문이다.

생각할수록 한심했고, 방성통곡(放聲痛哭, 큰 소리로 몹시 슬프게 곡을 함)이라도 하고 싶었다. 만일 누가 속옷 한 벌만 외상으로 준다고 하면 백 원, 아니 천 원이라도 주저하지 않고 사 입고 싶은 심경이었다.

그러나 '궁하면 통하는 법'이라고 했던가. 마침내 나는 한 가지 묘책을 생각했다. 도적질을 하기로 한 것이다. 내 옷을 도적맞았으니, 나 역시 남의 옷을 훔치기로 한 것이다. 그리고 이는 도적질이 아닌 정당방위임이 분명했다.

나는 수풀에서 살며시 기어 나와 강변을 향해 살살 기어 내려갔다. 그리고 가장 어두운 곳을 택해 교묘하게 기어서 놀잇배 하나에 다다랐다. 당시 놀잇배는 갑작스레 바람이 부는 것을 막기 위해 휘장(揮帳, 피륙을 여러 폭으로 이어서 빙 둘러치는 장막)을 마련해두고 있었는데, 날씨가 좋은 날은 그것을 걷어 접어서 뱃전에 놓아두곤 했다.

나는 그것을 노렸다. 하지만 이 초보 도적은 치가 떨린 나머지 손을 자유로이 쓰기조차 힘들었다. 설령, 도적질하다 발각된다고 해도 좀 창피할 뿐, 기생이며, 사공, 요릿집 주인까지도 나를 도적놈으로 보지는 않을 것이지만, 마치 조선은행 금고라도 훔치러 가는 사람처럼 온몸이 마구 떨렸다. 그러고 보면 도적놈들은 어떻게 아무렇지도 않게 도적질을 하는지 자못 궁금했다.

그 이유야 어찌되었든, 나는 휘장을 교묘히 훔쳐내는 데 성공했다. 그리고 서둘러 매생이로 돌아왔다. 숨이 너무 차서 금방이라도 넘어질 것만 같았다.

잠시 후 나는 매생이를 몰래 띄운 후 강 중심쯤에 와서 휘장을 몸에 천천히 둘렀다. 그런 뒤 시내 쪽 언덕, 그중에서도 T관이라는 요릿집 앞에 매생이를 조심스럽게 갖다 댔다. 거기서 옷을 빌려 입고 집으로 돌아갈 생각이었기 때문이다.

나는 T관 뒷문으로 들어간 후 사무실로 쑥 들어섰다. 목에서부터 발까지 휘장으로 둘둘 감은 기괴한 꼴을 한 채.

사무실에 있던 그 집 서기와 종업원들은 당연히 이 기괴한 괴물의 침입에 비명을 지르며 발악했다. 그중 종업원 하나는 문을 박차고 도망을 갔으며, 서기는 의자에서 떨어져 방바닥에서 주저앉은 채 몸을 와들와들 떨기까지 했다. 유령이라도 나타난 줄 안 모양이었다.

때마침 아무 영문도 모르는 기생 하나가 사무실 안으로 들어오다가 소리를 지르며 뒤로 나가떨어졌다. 때 아닌 큰 소동이 일어난 것이다. 늘 안경을 쓰던 얼굴에 안경까지 없을 뿐만 아니라 봉두난발(머리털이 쑥대강이같이 헙수룩하게 마구 흐트러짐. 또는 그 머리털)에 흰 헝겊을 목에서부터 발까지 둘러 감은 채 아무 말도 없이(사실 뭐라고 말을 꺼내야 할지 몰라 한참을 꿀 먹은 벙어리처럼 가만히 있었다) 웅크리고 서 있으니 그렇게 보는 것도 당연했다.

다행히 거기서 옷을 얻어 입고 집으로 돌아올 수 있었다. 그러나 그때는 너무 창피해서 서기며, 종업원들에게 함구령을 내려 이 망측스러운 소문을 엄비(嚴祕, 매우 굳게 지켜야 할 비밀)에 붙여 두었다.

－1934년 1월 〈월간매신〉

바다로 가자, 큰 바다로 가자

우리 이제 큰 하늘과 넓은 바다를 마음대로 가졌노라

하늘이 바다요, 바다가 하늘이라

바다와 하늘 모두 다 가졌노라

옳다, 그리하여 가슴이 뻐근하다

우리 모두 다 가자꾸나, 큰 바다로 가자꾸나.

_ 김영랑, 〈바다로 가자〉 중에서

여행 가자는 편지

_김남천

애덕아, 한서울에 살면서 이렇게 한 번도 찾아오지 않기냐? 그래 요즘, 뭘 하느라 그리 바쁘게 지내느냐? 지난 이월 초순에 왔다 가고는 발을 딱 끊은 채 얼씬도 하지 않으니, 그때 내 말에 화라도 난 건 아니냐? 그리고 너의 '그' 문제는 어떻게 되었느냐? 기혼한 대학생과 하 자(字)성 달린 '어떤' 처녀의 연애 이야기 말이다. 그 문제를 해결하느라 어지간히 바쁜 모양이구나.

송현도 씨는 가끔 만나느냐? 나는 요즘, 아주 나 자신이 몸에 겹고 벅차서 죽을 지경이다. 계절 탓인지, 시세(時勢, 그 당시의 형세나 세상의 형편) 탓인지, 누구 말마따나 육체의 고민인지 공연히 세상이 답답하다. 지금과 같은 현실과 생활 속에서 자신의 생활 강령을 유지하기란, 우리 같은 불쌍한 청년들에게 있어 여간 힘든 일이 아닌가 보다.

요즘 정신적인 유행병인 '불안'에 휩쓸리었는지, 훌쩍 어디 먼 곳으로 여행이라도 떠나고 싶다. 너도 같이 가면 좋으련만.

프랑스의 사상가와 예술가들이 현실에 진절머리가 나서 초현실주의와 여행, 모험, 몽상의 도피 세계로 옮아간 정신적 분위기가 이 땅에도 찾아오는 모양이다.

—나의 아기여, 나의 누이여, 꿈속에서라도 한 번 만나자꾸나. 나와 함께 그곳에 사는 즐거움—보들레르의 노래가 비로소 실감이 난다.

원산이나 몽금포는 너무 평범하고, 온천은 더욱 싫으니, 우리 제주도라도 한 번 가보는 게 어떠냐? 다른 것은 다 제쳐놓고, 그 해녀 말이다. 그 해녀를 안고 한참 뒹굴고 나면 우리 번민하는 현대 여성에게 무슨 신비로운 계시가 내릴 것만 같구나. 새로운 육체의 교훈이 있을 것만 같다. 이에 나는 지금 어찌할 바를 모르겠구나.

곧 답장 주거라, 응?

7월 초하루 경희.

-1938년 7월 〈여성〉

*편지에 나오는 이경희와 하애덕은 김남천의 《세기의 화문》에 나오는 작중 인물임.

양덕온천 회상

_김남천

처음에는 사람 없는 절간을 찾아 1, 2개월정도 그곳에 묻혀서 장편소설 천 매를 써 가지고 돌아오리라고 생각했다. 신문도, 잡지도 보지 않고, 오로지 소설 쓰기에만 전념해 최초의 장편소설을 써 보리라고 결심한 것이다.

작년 5월 중순. 나는 석 달을 작정하고 서울을 떠나 고향으로 갔다. 그러나 가깝고 편리한 절을 찾을 수 없었다. 그래서 생각한 것이 양덕온천이었다. 고향에서 불과 백 리, 자동차로 한 시간 반이면 갈 수 있는 곳이었기 때문이다. 하지만 지금까지 단 한 번도 가 본 적이 없었다. 고향사람들은 물론 가족 중에도, 더구나 여자들은 모두 한두 차례씩 다녀오지 않은 이가 없을 정도였다. 특히 일 년에 한두 번 친척 집에 대사(大事, 큰 잔치나 예식 등을 치르는 일)가 있을 때만 외출하는 것이 고작인 어머니 역시 벌써 4, 5차례나 다녀오셨을 뿐만 아니라 누이들 역시 한두 번은 모두 다녀왔다. 어머니가 소화불량, 신경통 등 신환(身患, 몸의 질환)으로 다녀왔다면, 누이들은 대부분 어머니를 모시고 다녀온 경우였다. 하지만 비교적 건강하신 아버지와 나 같은 청소년은 단 한 번도 그곳을 구경하지 못했다.

이것으로 충분히 짐작이 가겠지만, 양덕온천은 결코 유흥지가 아니다. 그러나 현재 철도가 놓이고 있고, 앞으로 평원선(평안남도 대동군 서포와 함경남도 고원 사이에 부설된 철도)이 개통되면 주을(朱乙, 함경북도 경성군 남쪽에 있는 읍으로 온천이 유명함) 못지않은 아름다운 경치로 인해 단연코 고급 유흥지로 거듭날 것이 틀림없다.

하지만 지금은 몸이 아픈 사람들이 병을 고치기 위해 방문하는 온천에 불과할 뿐 온양이나 해운대 같은 유흥지는 결코 아니다. 그러므로 시설역시 보잘것없다. 욕탕이라고는 남녀 공중탕이 고작이다. 또 대탕지(大湯池) 쪽에 〈구룡각〉이라는 호텔이 있기는 하지만 시설에 비해 숙박료가 비쌀 뿐만 아니라 음탕하기 그지없다. 돈에 따라 여종업원이 유녀(遊女, 술과 함께 몸을 파는 일을 직업으로 하는 기생, 색주가 따위의 여자들을 통틀어 이르는 말)로 변하기도 하기 때문이다. 그 때문에 점잖은 부부의 경우 투숙하기에 곤란을 느낄 수도 있다.

나는 목적이 원고 집필이었기 때문에 대탕지를 택할 엄두가 나지 않았다. 더욱이 양덕에 사돈이 살고 있었을 뿐만 아니라 고향 사람들의 내왕도 잦았기 때문에 더욱 몸가짐에 신경 써야 했다. 또한, 간혹 평양이나 성천 등지에서 이곳을 찾는 부녀자들 가운데는 색채에 굶주린 젊은 청년의 눈을 어지럽게 할 위험성도 없지 않았다. 아닌 게 아니라, 사돈 한 분과 처음 대탕지를 찾았을 때, 활짝 열어 놓은 여탕 탈의실 입구에 아무것도 입지 않은 여인의 붉은 몸뚱이를 보기도 했다. 그러니 평정한 상태에서 집필을 계속할 수 있을지 스스로 의문이 들지 않을 수 없었다.

본디 전장(戰場, 전쟁터)으로 향하는 듯한 각오를 하고 떠나온지라 부녀자 앞에서 도학자적인 태도를 견지할 만한 뱃심은 준비되어 있었지만, 때로는 궤도를 벗어나 분마(奔馬, 빨리 내닫는 말)처럼 내달리는 방분(放奔, 힘차게 내달림)한 청성(靑星, 젊은이)의 마음을 뉘라서 보장할 수 있겠는가. 군자는 위태로운 곳에 가까이 가지 않음이 옳다고 생각할 수밖에 없었다.

그리하여 나는 그곳에서 버스를 타고 60리를 더 원산 쪽으로 들어간 석탕지 온천에 작업실을 마련했다. 이에 주석을 붙여 두거니와 양덕온천이라고 하면 흔히 대탕지 온천을 말한다. 평원 서부선 양덕역에서 약 10분쯤 끼고 들어가면 된다. 자세한 사항은 관광협회에서 발행한 여행 안내서나《조선의 온천》을 보면 좋을 것이다.

석탕지(돌탕지)는 같은 양덕온천에 포함은 되지만 그것과는 구별해서 생각할 필요가 있다. 물론 석탕지의 욕탕 역시 편창회사(片倉會社)에서 경영을 한다지만 시설은 서울의 낡은 목욕탕과 큰 차이가 없다. 오히려 더 더러우면 더러웠지 깨끗하지는 않기 때문이다. 또한 계절이 농번기인 탓도 있지만, 욕객은 5, 6명, 남녀 모두 합해봐야 십수 명이 고작이다. 더욱이 면민은 무료로 출입할 수 있기 때문에, 회사 입장에서는 도저히 수지타산이 맞지 않았다. 그러나 수질만큼은 매우 뛰어나, 나는 날마다 거기에다 달걀을 삶아 먹었다.

아는 이의 소개도 있고 해서, 나는 양덕에서 1박을 한 후 석탕지에 도착해 2층이 있는 내지인의 여관에 투숙했다. 식사 같은 것은 보잘것없고, 방 역시 노래기(해충의 한 종류)가 들끓고, 밖에서는 밤새도록 개구리가 울었다. 이에 남포등 밑에 책을 펼쳐놓고 때때로 깊은 고독에 빠지곤 했다. 신기한 것은 시골임에도 불구하고, 닭은 물론 물고기조차 없다는 것이다. 이에 '간즈메(통조림)'를 질리도록 먹어야 했고, 때때로 동민을 찾아 구탕(狗湯, 보신탕)을 먹으러 나서지 않으면 안 되었다. 그러나 그것 역시 장맛이 시원치 않을 뿐만 아니라 고명이랄 고명도 없어서 웬만하면 음식 타박을 하지 않는 이가 아니면 가히 즐길 수 없을 정도였다. 그래도 동네 청년—그중에는 이발사와 화물자동차 운전사 및 조수, 불량 기운이 있는 딸을 가진 파락호(재산이나 세력이 있는 집안의 자손으로서 집안의 재산을 몽땅 털어먹는 난봉꾼) 등이 있었다. 그들과 비 오는 밤 고개를 넘어 개장과 술에 취해 수심을 부르며 숙소로 돌아오던 정취는 지금까지도 잊히지 않는다.

내가 묵었던 여관은 한때 '전월여관'이라는 이름으로 불렸을 만큼 자연 속에 자리하고 있었다. 탕지에 오르는 연기 같은 김에 서린 수풀과 논두렁과 노천탕 고개 위에서 돋는 달을 바라보며, 개구리의 울음을 듣는 맛이란 아무 데서나 맛볼 수 있는 정취가 결코 아니었다. 이에 춘정에 들뜬 청년들은 여관 계집을 쫓아다니며 맥주를 기울이느라 몹시 바빴다.

특히 이발소는 동네 방송국이나 마찬가지였다. 이에 머리가 흐리멍덩할 때 낡은 의자에 누워 면도하며 때 지난 신문과 잡지에 귀를 기울인 후 욕탕에 가서 등의 신경통을 터는 맛 역시 제법 그럴듯했다.

때때로 고독을 이기기 힘들 때면 '트럭'을 얻어 타고 대탕지로 나가서 친구와 함께 하룻밤 주연(酒宴, 술잔치)을 베풀거나 운전대에 올라앉아 수해(樹海, 숲)를 달리는 맛 역시 좋았다. 특히 양덕은 온천 외에 송림이 명물이어서 가을이면 송이가 유명하다. 일전에 시골에 있는 조카아이가 푸른 솔잎을 덮은 송이를 소포로 보내줘 하룻저녁 가을 향기를 시식한 적이 있는데, 지금쯤 양덕은 송이 따기가 한창일 것이다.

이런 것을 생각하면 지금이라도 당장 여장을 꾸려서 양덕으로 달려가고 싶다. 아침 온천을 한탕 하고 마음 맞는 친구와 부인네들과 쌍을 지어 깊숙이 송림을 헤매며, 송이 사냥을 하다가 돌아와서 저녁에 다시 하루 동안의 피곤을 탕에서 씻은 후 송이 볶음을 상에 놓고 따끈히 잘 데운 술잔으로 깊어 가는 가을밤을 즐기는 재미란, 상상만으로도 즐겁기 그지없다.

양덕의 겨울은 멧돼지와 꿩 사냥으로도 유명하다. 아직은 양덕이 그리 유명하지 않아 이 역시 생각보다 덜 알려져 있지만, 교통편만 좋아진다면 전 조선에서 1위를 점하는 온천이 될 것을 믿어 의심치 않는다.

- 1939년 〈조광〉 12월호, '온천장 순례기' 특집

숲향기 숨길을 가로막았소

발끝에 구슬이 깨이어지고

달따라 들길을 걸어다니다

하룻밤 여름을 새워버렸소

_김영랑, 〈숲향기〉

정릉 일일

_계용묵

정릉(貞陵)의 산속은 새소리 없이도 푸르다. 물소리만이 그저 쏴아—쏴 골짜기마다 들릴 뿐인데, 산은 푸르디푸르렀다. 그러니 정기(精氣, 생기 있고 빛나는 기운)만으로도 푸른 그 기개(氣槪, 씩씩한 기상과 곧은 절개)만은 장하다 아니 할 수 없다. 그러나 적어도 이만한 녹음(綠陰)이라면 꾀꼬리 소리 한마디쯤 들어야 하지 않을까.

나는 본래 산이나 바다의 취미를 모른다. 그럼에도 불구하고, 오늘 정릉을 찾게 된 것은 녹음의 유혹 때문이 아닌 사우(社友)들의 종용(慫慂, 잘 설득하고 달래어 권함) 때문이었다. 그러니 그까짓 녹음이야 짙건 말건, 꾀꼬리야 울건 말건, 나와 무슨 상관이랴. 하지만 이 녹음에, 이 물소리라면 적어도 꾀꼬리 소리 한마디쯤은 있어야 면목이 설 것 아닌가. 그런데 어쩌다 숲 속을 오가는 밀화부리(되샛과의 새) 소리 한마디 들을 수 없으니 안타까울 뿐이다.

그런 것을 사람들은 이런 녹음도 좋다며 모여든다.

우리도 그리 늦은 편은 아니었건만, 언제 이렇게들 모였는지, 아직 정오가 멀었음에도 산은 사람으로 가득했다. 아니, 곳에 따라서는 벌써 도도한 취흥에 허리춤을 추며, 냄비 장단이 한창인 곳도 있었다. 이에 우리 일행도 물이 흐르는 골짜기 한 곳을 정하고 짐을 풀었다. 소고기·닭고기·달걀·과자·술·쌀……. 거기에 그것들을 요리할 도구들이 자전거로 하나 가득 실려 왔다.

그리고 보면 논다는 것은 결국 먹는다는 의미가 아닐까 싶다. 제아무리 명승경개(名勝景慨, 이름나고 빼어난 경치)를 대했다고 하더라도, 그것이 향락으로서의 본의였다면 반드시 먹는 일항(一項, 항목)이 따라야만 그 의의를 지니게 되는 것 같기 때문이다. 하지만 먹을 줄 모르는 것까지 먹어야 하는데 그 의의가 있다면, 나는 향락의 존재에 의심을 품지 않을 수 없다.

칠팔 명의 일행 중 단 한 사람만이 호주객(술을 아주 좋아하는 사람)이요, 다른 이는 모두 비주객(술을 매우 싫어하는 사람)이었다. 그런데 짐 속에서 소주가 한 되, 맥주가 서너 병이나 나왔다. 먹을 줄 모르는 술이라도 이런 곳에서는 먹어야 한다는 것일까. 억지로라도 술을 먹어야만 향락이 되는 것일까. 어쩌자고 먹을 사람도 없는 술을 이렇게도 많이 준비했을까. 처치 곤란할 것이란 걸 몰랐을까. 결국, 맥주 몇 잔에도 나는 괴로웠다. 어쩌면 스스로 괴롭게 만들어 놓고, 괴로워하는 것을 낙으로 삼는 것이 인생 본래의 사는 재미인지도 모른다.

잠시 후 육자배기 장타령에 산을 떠나 보낼 듯이 떠들던 사람들 역시 이내 모두 혼곤해졌다(정신이 흐릿하고 고달파지다). 과연, 이는 즐거운 현상일까, 괴로운 현상일까. 나도 한번 한껏 취하여 그들의 심경에까지 이르러 봄으로, 그들과 같은 심경에서 인생을 한번 내다보고 싶지만, 몇 잔만으로도 괴로우니, 도저히 그런 경지에까지 이르지 못할 주량이 한스러울 뿐이다.

"자, 한 잔 더?"

하지만 간절한 권고에도 불구하고, 주량이 영 말을 듣지 않았다. 그러니, 나는 인생의 밑바닥을 들어가서는 살아볼 수 없는 영원한 인생의 초년병인가 보다.

"녹음방초승화시(綠陰芳草勝花時, 나뭇잎이 푸르게 우거진 그늘과 향기로운 풀이 꽃보다 나을 때. 즉, 첫여름을 뜻함)에……."

어디선가 이런 곡조가 흘러드는 것을 보면, 사람은 술에만 취하는 것이 아닌가 보다. 녹음에도 취할 수 있는 것이리라. 그러니 녹음에도, 술에도 취할 수 없는 나같은 인생은 결국 괴로움의 의의를 모르는 것이 아닐까. 그렇다면 녹음도, 술도 모르는 괴로운 내 마음은 과연 무엇을 의미하는 괴로움일까.

만산에 주흥이 물소리처럼 골짜기마다 가득 찼는데, 오직 침묵으로 물소리만 흘려내려 보내는 이 골짜기는 좋은 의미에서건, 나쁜 의미에서건 녹음도, 술도 무시한 이 날의 최고 히트임에 틀림없다.

-1949년 6월 〈경향신문〉

천렵(川獵)

_계용묵

물속에 들어서서 한참 그물을 끌고 다닐 때는 오직 고기를 그물 안으로 몰아넣는 것에만 정신이 집중되어, 힘이 든 것은 물론 더운 것도 모두 잊고 지낼 수 있다. 하지만 일단 그물을 놓기만 하면 제정신이 돌아와 오력(伍力, 수행에 필요한 다섯 가지 힘)이 폭삭함을 느끼게 되고, 숨이 턱턱 막힘을 참을 수 없다. 더욱이 등이 델 것을 염려해 헌 셔츠 나부랭이를 걸치고 나서기는 했지만, 오늘따라 어찌나 볕이 따가운지 그것도 아무 소용이 없었다.

어깨가 어지간히 쓰린 것이 아니었다. 그런데 이를 며칠 동안 계속해 왔으니 당연히 그럴 만도 했다.

사실, 어제까지만 해도 이렇게까지 통증이 심하지는 않았다. 오늘 하루 만에 등이 익을 대로 다 익어 이렇게 된 것이다.

저녁에 집으로 돌아와 세수를 하려니 목덜미에 손이 갈 때마다 뜨끔뜨

끔 한 것이 무척 쓰렸다. 이에 일기를 쓰면서 다음날부터는 천렵은 아예 생각도 하지 않겠다며 맹세했다. 하지만 그 결심은 꼬박 하루도 가지 못했다.

다음날, 한 권의 책 위에다 부채를 받쳐 들고 언제나 모여서 서퇴(署退, 더위를 물리침)를 하던 송림 군현학당(群賢學堂)을 찾았다. 그러나 여기서 친구를 만나 어제 있었던 천렵 이야기를 나눌 줄이야. 교묘하게 그물 안으로 고기를 몰아넣던, 그리하여 고기가 몰려들던 그 찰나의 묘미를 도저히 잊을 수 없었다. 그러자 눈부시게 은린(銀鱗, 은빛이 나는 비늘)을 번득이며 물 위를 뛰어 달리는 고기떼가 갑자기 눈앞에서 어물거렸다. 그때, 누군가가 천렵을 가자며 얘기를 꺼냈다. 이에 등덜미를 뻘겋게 구어 가지고 돌아오면서 다시는 천렵을 하지 않겠다던 어제저녁의 굳은 맹세는 여지없이 웃음으로 깨어지고 말았다. 오히려 누가 반대하는 사람은 없을까 하는 마음에 조용히 눈치를 살피며, 쓰라리게 익은 어깨에 그물을 둘러멘 채 송가포(宋哥浦)로 향했다.

이것이 내가 십여 년 전 천렵을 시작하던 그해 여름의 잊히지 않는 한 토막의 기억이다. 그리고 이렇게 천렵에 맛을 붙인 다음부터는 독서도, 창작도 완전히 잊은 채 집에 일이 있건 말건, 등이야 익어 꺼풀이 벗겨지건 말건, 오로지 천렵에만 매달렸다. 그리하여 그 한 해 여름을 줄곧 물속에서 살았다.

물론 그물로 고기를 몰아서 잡는 것이 천렵의 전부는 아니었다. 물의 심천(深淺, 깊음과 얕음)에 따라 그 방법은 몇 번이고 달라졌다. 예를 들면, 비가 와서 강물이 불으면 물 가운데서 자유롭게 그물을 끌 수 없다. 이 럴 때는 낚시로 고기를 잡는 것이 훨씬 낫다. 그러다가 얼마 동안의 한천 (旱天, 쨍쨍한 여름 하늘, 또는 그 날씨)이 계속되어 능히 물속에서의 행보가 자유롭게 되면 다시 낚싯대를 던져놓고 그물을 끈다.

물이 얕을수록 낚시질이나 자리질 역시 한결 더 재미 있는 법이다. 하지만 그 잡히는 수로 보건대 그물을 끄는 것에는 비할 수 없다. 비록 고기를 잡는 맛은 낚시질이 최고지만 잡히는 수로는 그물질만 한 것이 없다. 이런 욕심이 여름 내내 등을 뜨거운 햇볕에 내어주게 하는 것이다.

하지만 이러한 장난에서 잡히는 고기는 그다지 식욕이 당기지 않는다. 더욱이 메기나 가물치 같은 종류에 이르러선 입에 댈 비위조차 갖지 못한다. 다만, 그 고기를 잡는 재미, 그것이 그렇게도 자꾸만 나를 천렵으로 이끌어낸다.

어느 여름 한 철에는 먹는 양보다 잡는 양이 훨씬 더 많아서 날마다 그릇이 철철 넘치게 밀려들기도 했다. 이에 처치할 방법이 없어서 작은놈은 골라서 조림을 하고, 큰놈일랑 독에다 물을 붓고 길러 가며 먹어 본 적도 있다. 그럼에도 불구하고, 일단 천렵이 시작되면 지는 해가 아쉬웠고, 흐린 날이 원망스러웠다. 온종일을 더위와 싸우며 그 무거운 그물을 끌고 돌아다니고, 그리하여 해가 서산머리 위에 올라앉을 무렵이면 피로가 여간한 것이 아니었건만, 지는 해가 왜 그리 아쉬운지. 날이 밝기만 하면 또다시 그 장난일 것을, 물속에다 미련을 두고 돌아오게 된다. 그러다가 하늘이 흐려 별빛이 윤택을 잃게 되면 비가 오려는 것은 아닌가 하는 조바심에 이불 속에 누웠다가도 문을 열고 나가 하늘을 우러러보기를 몇 번이고 거듭하기도 한다.

만일 내가 지금도 시골에 있다면, 으레 이 여름도 등이 뻘겋게 익은 채 낚시나 혹은 그물을 둘러메고 날마다 밤이 새기 바쁘게 강변을 찾아다닐 것이 틀림없다.

서울에서도 직장의 휴일을 이용해서 가끔 낚시를 즐기면서 기렵(飢獵, 낚시에 굶주림)에의 욕망을 어느 정도 만족시킬 수 있을 것이다. 하지만 막상 시작해놓고 보면 역시 그 맛을 잊을 수 없을 뿐만 아니라 그 유혹이 더욱 심해질 것이 틀림없다. 그 때문에 아예 생념(生念, 어떤 생각을 가지거나 엄두를 냄)조차 하지 않고 있다.

죽마고우가 뚝섬으로 낚시하러 다니기 시작한 모양이다. 이에 휴일 다음 날이면 꼭 그 성과를 얘기하며, 그 즐거움을 함께하자고 유혹하곤 한다. 하지만 연속적이 되지 못할, 단 하루에 그치고 말 그런 일에는 영 마음이 내키지 않는다. 그러다 보니 올해도 지금까지 단 한 번도 낚시를 해본 일이 없다. 적어도 열흘이나 그러한 시일의 여유를 갖지 못한다면 그것은 앞으로도 영원히 있지 않을 것이다.

– 1939년 8월 〈여성〉

전원(田園)에서

_계용묵

오늘까지 꼭 열흘째 낚시를 하고 있나 보오. 가을바람에 벼 이삭이 고개를 숙여갈 때면, 나는 고기의 유혹에서 벗어날 수 없는 것이오.

형, 가을의 낚시란 참으로 여느 때의 그것에 비할, 그러한 성질의 것이 아니구려. 귀뚜라미 소리가 숲 속에 여물면 수족(水族, 물고기)의 건강도 창포 속에 여무오. 그리하여 비록 술 쪽(쪼개진 물건의 한 부분) 같은 작은 놈이 물린다 해도, 물살을 막 찢어 내면서 펄떡거리는 것을 보는 그 맛이란 여간 신묘한 것이 아니요. 더욱이 요즘은 고기 족속들의 정례(定例, 정기적 또는 계속해서 행해지는 사례) 여행 시절이어서 왕래가 빈번하므로 여느 때의 곱절이나 물리는 것이오. 그래, 오늘도 다래끼(물고기를 잡거나 잡은 물고기를 넣는 데 쓰는 그릇)가 철철 넘치게 한 짐을 지고 들어왔구려.

형! 나는 창작도 잊었소. 독서도 잊었소. 아니, 침식(寢食, 잠자는 일과 먹는 일)까지 잊었다고 함이 옳을 것이오.

첫닭이 울면 분주히 낚싯대를 메고 다래끼를 들고 길을 나서오. 물론 십이 전짜리 대팻밥 벙거지(대팻밥으로 만든 모자)를 머리에다 올려놓는 것 역시 잊지 않으오. 그리고 해가 지면 강변에다 미련을 남겨둔 채 달그림자 어리는 밤길을 더듬어 돌아오오.

형! 도시에서는 이것을 그 언젠들 한번 맛이나 볼 수 있겠소?

닭의 울음소리를 멀리 촌가(村家)에 두고, 그윽이 들리는 그 소리와 같이, 훤히 트이는 새날을 맞으며 안개 자욱한 강변으로 이슬 내린 풀밭 길을 달리어 나가는 그 맛은, 참으로 새날을 맞는 그러한 기분이오. 그리하여 이러한 기분을 한아름 안은 채 낚시질에 맛을 들여, 세상의 뜬 시름을 깨끗이 잊고, 오직 나를 위해 그 하루를 사는 것이오. 나를 위해 사는 그 하루는 얼마나 깨끗한 하루겠소?

형! 이것이 바로 내게 날마다 강변에 한 폭의 풍경화를 꾸며 놓게 하는 소이(所以, 까닭)가 아닌가 하오.

형! 물론 형은 오늘도 볕이라고는 일 년 열두 달 한 번도 들지 않는 음산한 콘크리트 2층 구석방에서 신문 삽화에 온종일 지치다가 지금쯤은 곤히 잠들었을 것이오. 얼마 전 편지에 보니, 이번 가을엔 세상없어도 뚝섬으로 거처를 옮겨야겠다고 했으니, 오죽 진세(塵世, 티끌 많은 세상)의 소음이 싫어서 통근하기 그토록 불편한 곳으로 옮길 생각을 했겠소.

형! 형! 한번 내려오시오. 다만, 며칠 동안이라도 농촌의 신선한 자연 속에서 나와 같이 풍경화의 주인공이 되어 보지 않으려오?

하늘이 높고, 강도 푸르면 말도 살이 찐다는데, 철(계절)도 모르는 형의 생활 속에 구석구석 들어찼을 법한 티끌을 농촌의 자연으로 한번 씻어 주고 싶은 생각이 간절함은 나의 지나친 생각이겠소?

더욱이 형이 즐기는 붕어 장조림이 우리 집에는 지금 막 묵어나오(제때 처리를 못 하고 묵어서 남음). 그러니, 부디 한번 내려오시오. 백화점 지하실에 케케묵어나는 망둥이 조림에 비할 바가 아니오.

사실 며칠 전까지만 해도 그것을 형에게 좀 부쳐 보낼까 했지만 형을 한번 끌어내리려고, 그리하여 형이 내려올 것을 믿고 부치지 않기로 했소. 그러니 꾸짖지 말고 한번 내려오오.

기별하면 내 정거장까지 마중을 나가겠소. 그러면 답장주시오.

10월 10일 밤.

–창작연도 미상

피서의 성격

_계용묵

　어느 해 여름, 피서(避暑, 더위를 피하여 시원한 곳으로 옮김)를 한다고 두세 명의 친구와 함께 옥호동(玉壺洞, 평안북도 선천 약수리 남쪽에 있는 골짜기) 약수(藥水)를 찾아갔던 일이 있다. 산촌의 약수치고는 설비나 경치가 모두 무던했다(정도가 아지간 함). 약수의 성능이 어떤지는 알 바 없지만, 차갑기로는 얼음물에 절대 뒤지지 않았다. 돌 틈 사이로 용솟음쳐 흐르는 물을 배지('바가지'의 방언)로 받으면 물 위에 뽀얗게 어리는 안개가 보기만 해도 땀방울을 가시게 했다. 게다가 산속 깊숙이 자리하고 있으므로 싱—싱 줄기차게 숲 사이를 헤치고 쏟아져 내려오는 산바람이 끊임없이 몸을 어루만져줘 셔츠 바람에 한기까지 느껴질 정도였다. 다만, 피서지로 결점인 것은 쭉 벌거벗고 진탕 치듯 헤엄을 칠만한 물이 없다는 것이다. 하지만 그것뿐. 시원하고 조용하기로는 송도원(松濤園, 함경남도 원산에 있는 해안휴양지)이나 다른 어디에 내놓아도 절대 뒤지지 않는다.

하지만 친구들에게는 그게 아니었나 보다. 그날 밤, 약수터 주위를 한 바퀴 돌고 난 그들은 다짜고짜 내게 이렇게 말했다.

"가세, 싱거워!"

그러면서 날이 밝으면 더워지기 전에 일찍 떠나겠다며 풀어 놓았던 짐을 다시 챙기며 수선을 떨었다. 그래서 이게 대체 어찌 된 일이냐고 물었더니, 모두 똑같은 불평을 늘어놓았다.

"술이 있어? 계집이 있어? 병쟁이(병을 앓는 사람) 아닌 다음에야 무슨 맛으로 여기서 여름을 나!"

피서가 목적이면서도 그에 따르는 그 어떤 자극적인 향락이 필요했던 것이다. 그러니 아무리 물이 시원하고, 바람이 시원해도, 주색(酒色, 술과 여자를 아울러 이르는 말)이 따르지 않는 피서는 절대 참을 수 없었던 것이다. 그러므로 '피서'는 한낱 배경에 불과할 뿐, 기실 피서의 목적은 주색에 있다고 해도 과언이 아니었다. 그러니 술을 마시지 않는 사람에게는 이 약수터가 훌륭한 피서지이겠지만, 술을 좋아하는 사람에게는 절대 좋은 피서지가 될 수 없었다.

나도 한때는 맥주 한 타(12병) 쯤은 사양하지 않던 시절이 있었다. 만일 내가 술을 계속 즐길 수 있는 건강한 몸이었더라면 이 약수터가 그들과 같이 썩 훌륭한 피서지는 되지 못했을 것이다.

언제부터인가 술과의 인연을 멀리해온 나로서는 이번 피서의 성격을 파악하기가 자못 어려웠다. 하지만 술과는 인연을 멀리하되, 이미 맛은 들였던 터라, 술맛은 익히 알고 있는 처지였다. 그래서 지금도 가끔은 '조끼(잔)라도 한 잔'하는 생각이 불현듯 떠오를 때가 있다.

친구들의 생각대로 라면, 술을 다시 계속할 만큼 건강이 회복되지 못하는 한, 나는 인생의 즐거운 취미 하나를 영원히 맛보지 못하고 살아야 하는 셈이 된다. 그렇다면 주색 없이도 시원함을 느낄 수 있는 나의 약수 취미는 과연 어디서 기인하는 것일까. 유색유주(有色有酒) 속에서 느끼는 취미보다 무색무주(無色無酒) 속에서 느끼는 취미가 좀 더 유현한 취미가 되는 것은 아닐까. 이에 "우리 어디 피서나 가 볼까?" 하는 친구들의 말을 들을 때마다 이런 생각을 하고 피서의 성격에 대해서 다시금 고요히 마음을 깃들여 보곤 한다.

－1949년 7월 〈서울신문〉

고독

_계용묵

작가 생활에 있어 여행이 지극히 필요한 줄은 알면서도 나는 그것에 그토록 취미를 느끼지 못한다. 이에 특별한 일이 없는 한 지금까지 여행을 위한 여행을 단 한 번도 해본 일이 없다.

문득, 고독이 깊이 스며들 때는 여행이라도 해보면 괜찮을 듯싶지만, 차마 그것을 실행하여 고독을 아주 잊고 싶지는 않다. 고독이란 그 무슨 진리를 담은 껍데기처럼 생각되면서도, 나를 버리지 않고 따르는 그것이 반갑게 여겨지기 때문이다. 그것은 애써 고독을 피함으로써 마음의 위안을 삼기보다는 그것과 싸워 이김으로써, 그래서 그 껍데기를 깨뜨림으로써, 그 속에 담긴 참된 진리를 알뜰히 꺼내 보고 싶은 마음이 여행에의 취미보다 훨씬 더 크기 때문이다. 이에 고독이 심할수록 조용한 곳을 찾기보다는 더 깊은 고독에 빠지곤 한다.

그러나 그 고독이란 껍데기 속에 들어 있을 듯한 진리는 가만히 눈을 감고 숙친(오래 사귀어 친분이 아주 가까운)하기에 여간 벅찬 것이 아니다. 이에 오히려 숨이 막힐 듯 답답해서 벌떡 몸을 일으켜 방 안으로 걸음을 돌리곤 한다. 그러고는 눈을 감은 채 뒷짐을 지고 하염없이 홍글홍글(몸을 앞뒤 또는 좌우로 흔들어 가며 한가하게 천천히 걸음) 몇 바퀴고 수없이 돌아본다. 그래도 마음이 시원치 않으면 밖으로 나가 뜰 안을 돈다. 방 안보다 훨씬 더 마음의 여유를 느낄 수 있을 뿐만 아니라 신선한 공기가 한결 더 마음을 시원하게 해주기 때문이다. 이에 밤이 깊은 줄도 모른 채 몇 시간이고 줄곧 뜰을 돌 때도 있다.

하지만 중안(中眼, 눈빛이나 크기, 생김새 따위가 보통인 눈)의 시선에 이런 행동이 드러날 우려가 있는 낮에는 산상(山上)을 찾곤 한다. 생각에 잠겨 자기를 잊은 채 고요히 눈을 감고 평평한 잔디를 걷는 맛이란, 담배 연기 자욱한 기차 안에서 오력(伍力)을 펴지 못하고 무릎을 맞비벼야 되는 번거로운 여행에 비할 바가 아니다. 그러다 보니 이것이 곧 취미가 되었고, 자주 반복하게 되었다. 이에 한번은 다른 사람 흉을 잘 보는 이웃집 노파로부터 "혹시 그 사람 미치지 않았느냐?"는 소리를 듣기도 했다. 그런데도 그 버릇은 쉽게 고쳐지지 않았다. 그 때문에 요즘도 뭔가를 깊이 생각할 때면 장소 불문하고 벌떡 일어서서 왔다 갔다 하는 무례를 범하곤 한다.

이 버릇을 구태여 책망하고 싶은 마음은 없다. 도리어 주위를 피해 마음 놓고 거닐 곳이 없는 서울에 살게 된 것이 서글플 뿐이다.

문밖을 나서면 곧 거리다. 그러다 보니 제아무리 눈을 부릅뜨고, 좌우를 살피며 걸어도, 곧 수많은 자동차와 인파로 인해 거리가 붐비기 일쑤이기 때문에 도저히 생각을 집중할 수가 없다. 허락되는 곳이라곤, 오직 제가 기거하는 방안뿐이다.

하지만 그 방이란 곳 역시 내 방이자, 아내의 방이요, 아이들의 방이기도 하다. 그러니 조용할 리도 없거니와, 살림살이가 너저분히 널려 있어 생각에 집중할 수 없다. 그뿐만 아니라 워낙 좁은 까닭에 짧은 걸음 역시 허락하지 않는다. 그러다 보니 실내 여행에조차 굶주리게 되는 고독의 껍데기는 비켜 볼 길 없이 아주 제대로 굳어져 버리는 것이 아닌가 싶다.

-1941년〈조광〉

지금은 바다 저편에 7월의 태양이 물 위에 빛나고

기인 항해에 지친 배의 육중스런 몸뚱이는

집시의 퇴색한 꿈을 안고 푸른 요 위에 뒹굴며

낯익은 섬들의 기억을 뒤적거리리.

_ 노천명, 〈바다에의 향수〉 중에서

해변단상

노천명

넓은 바다, 푸른 물결이 그리워 바다를 찾았다. 아우성치는 세상을 떠나, 하얀 명주 모래 위에 7월의 푸른 하늘과 새파란 바다를 벗 삼고, 고단한 나의 영(靈)을 대자연 속에 자유롭게 놓아주었다. 푸른 물, 흰 모래, 새빨간 해당화……. 이 모든 것들은 고달픈 나의 마음에 평온한 안식을 가져다준다. 이렇듯 그윽하고 인자한 대자연의 품을 떠나, 나는 왜 그 거리를 다리 아프게 헤매었을까? 그리고 과연 무엇을 얻었을까?

진실이 진실을 맺는다는 것은 거짓이요, 선은 선을 낳는다는 것 역시 믿지 못할 말이란 것밖에, 내가 깨달은 것은 없다. 선한 싸움을 하다가 "낙심하지 마라. 때가 되면 거두리라."는 그이의 말씀을 그대로 끝까지 믿어야지. 때가 아직 멀었다고는 하지만 내 영혼이 지칠 때까지 나는 이 싸움을 계속해야 할 것이다.

밀려들었다 밀려 나가는 물결은 물가의 모래를 말없이 씻어낸다. 그

누구의 발자국인고? 저 물결에 씻겨 없어지네. 인생이란 결국 물가의 모래 위에 써 놓고 가는 허무한 기록인가. 하지만 그것은 바닷물에 씻기고 또 씻기는 동안 흔적도 없이 사라지고 말 것이다. 그런 것을 우리는 좀 더 크게, 좀 더 길게 써 놓고 가려고 애쓰며 허덕이고 있지 않는가. 그리고 울며 웃는 인간들—

이 세상은 가면무도회! 너도, 나도, 그도, 저도 탈바가지를 쓴 채 춤을 춘다. 그중에서 가장 탈바가지를 잘 쓴 자만이 결국 성공을 한다는구나.

모래물을 스쳐 내리는 그윽한 물소리. 신비한 침묵의 속삭임이여! 넓고 둥근 이 하늘 밑에서 사람들은 왜 공평하지 못하며, 넓고 넓은 저 바다를 보는 이 마음은 왜 저처럼 넓지 못한가. 발부리에 한 포기 새빨간 해당화! 이 아름다운 꽃을 보는 이 마음은 왜 그처럼 아름답지 못하며, 보드랍고 순결한 흰 모래를 사랑하는 네 마음은 왜 이다지도 거칠고, 그처럼 순결하지 못하단 말인가. 인간의 어떤 채찍도, 어떠한 형벌로도 감히 나를 울리지 못할 것을. 말 없는 대자연에 내 영이 접할 때 떨어지는 눈물을 나는 어찌할 수 없다.

나는 모래 위에 참 진(眞)자를 쓰고는 닦고 또 닦고 또다시 써 보았다. 모든 것은 의문이다. 영원한 의문이다. 그렇다면 여러 개의 작은 의문표들을 한 큰 의문표로 나타낸 것이 인생이런가.

해가 지는 줄도 몰랐더니, 어느덧 바다 위에는 두둥실 달이 떴다. 반짝이는 별님은 용궁의 아가씨들을 꾀어내리려고 새파란 눈을 깜박거린다. 무거운 침묵에 바다도 잠기고, 해당화의 새파란 꿈도 깊어 가는데, 물가의 갈매기의 구슬픈 소리는 이름 모를 객의 심사를 속절없이 돋우어만 준다.

-창작연도 미상

향토유정기

_노천명

밤 기차 소리는 흔히 긴 여행과 고향을 생각나게 한다.

고향이 그리울 때면 기차역 대합실에 가서 고향 이름을 외치는 스피커 소리를 듣고 온다는 탁목(啄木)이도 나만큼이나 고향을 잊지 못하는가 보다.

아버지가 손수 심으신 아라사버들(포플러)이 개울가에 하늘을 찌를 듯이 늘어서 있고, 뒤울(집 뒤에 있는 담이나 울타리) 안에는 사과 꽃이 피는 우리 집. 이렇듯 우리 집은 눈 내리는 밤처럼 꿈을 지니고, 터키 보석처럼 찬란하기 그지없는 곳이었다.

눈이 오면 아버지는 노루 사냥을 가신다며 곧잘 산에 가셨다. 그러면 우리는 곳간에서 강낭콩을 꺼내다 먹으며 밤이 늦도록 사랑에서 아버지를 기다렸다. 그럴 때마다 나는 수염 텁석부리 영감에게 옛날이야기를 해달라고 졸라대곤 했다. 그러면 영감은 이렇게 말했다.

"어제 장마당에 가서 다 팔고 와서 없어."

"아이, 그러지 말고, 어서 하나만."

"옛날이야기 좋아하면 이다음에 시집갈 때 가마 뒤에 호랑이가 따라 간단다."

"그래도 괜찮아. 박 첨지더러 쫓으라지 뭐. 난 하나도 안 무서워."

그렇게 해서 램프 불 밑에서 듣는 이야기는 여간 재미있는 것이 아니었다.

이런 밤이면 어머니는 엿을 녹이고 광에서 연시를 꺼내다가 사랑에 건네주셨다. 고향과 함께 그리운 여인, 어머니. 나는 지금껏 내 어머니처럼 고운 이를 보지 못했다.

어머니는 늘 《옥루몽(玉樓夢)》을 즐겨 읽으셨다. 읽고 또 읽으시고, 읽을수록 맛이 난다고 했다. 백지로 책뚜껑(책의 앞뒤 겉장)을 한 이 다섯 길의 책을 나는 어머니를 기억하기 위해 아직도 고이 간직하고 있다. 그리고 어머니가 보고 싶을 때면 어머니의 손때가 가득 묻었을 이 책을 꺼내서 본다. 책을 읽는 어머니의 목소리가 어찌나 좋던지, 어려서 나는 그 소리를 들으며 항상 잠을 자곤 했다.

내가 살던 고장 아낙네들은 머리를 얹는 풍습이 있었다. 공단(고급 비단)결 같은 머리를 두 갈래로 나누어 땋아서는 끝에다 새빨간 댕기를 물려 머리를 얹은 후 하얀 수건을 쓰고 그 밖으로 댕기를 사뿟(소리가 나지 않을 정도로 가볍게) 내놓는다. 이런 모양을 한 고향의 여인들이 나는 가끔 그립다. 그래서인지 가끔 서울 번화한 거리에서도 이런 여인이 보고 싶다.

뒤로는 산이 둘러 있고, 앞으로는 바다가 시원하게 내다보이던 내 고향. 거기서 윤선(輪船, 증기 기관의 동력으로 움직이는 배)을 타면 진남포도 가고, 평양도 갈 수 있었다. 해변에는 갈밭(蘆田)이 있어 사람 키보다 더 큰 갈대가 우거지고, 그 위에는 낭떠러지 험한 절벽이 깎은 듯이 서 있었다. 그 아래로는 새파란 물이 흐르는데, 여름이면 근처에 사는 처녀들이 갈밭을 헤치고 찾아와 멱을 감았다. 그러다가 싫증이 나면 산으로 기어 올라가 바위 속에서 부엉이 집을 보기도 했고, 산개나리 꽃을 꺾기도 했다. 그리고 산마루에 올라서서 수평선에서 아물거리는 감빛 돛폭을 바라보며, 훗날 저 배를 타고 큰 도시로 공부하러 가겠다고 다짐을 하기도 했다.

내가 사는 곳에서 약 20리쯤 걸어가면 읍이 있고, 그곳에 고모님 댁이 있다. 또 성당이 있어서, 가톨릭 신자인 우리 집에서는 큰 미사가 있을 때마다 읍에 나가곤 했다. 그럴 때마다 달구지(牛車)를 타거나 걷곤 했는데, 고모님 댁에 다녀올 때면 언제나 당아니(거위) 알을 꽃바구니 가득 받아오곤 했다. 이에 흔들거리는 달구지 위에서 당아니 알이 깨질까 봐 얼마나 노심초사했던지.

펑펑 내리는 함박눈을 맞으며 달구지에 쪼그리고 앉아서 눈 덮이는 좌우의 산과 촌락을 보며 어린 나는 아무 말이 없었다.

고향을 떠나온 지도 어언 20여 년. 낯선 타향이 이제 고향처럼 되어 버렸고, 그리운 고향은 멀리 둔 채 그리워할 수밖에 없게 되었다.

언제나 다시 고향에 돌아갈 수 있을까. 하지만 도무지 기약(期約, 때를 정하여 약속함. 또는 그런 약속)이 없다.

앞마당에 아라사버들(포플러)이 높게 서 있는 집. 그곳에는 어머니가 계셨고, 아버지가 계셨다.

-1948년 수필집《산딸기》

여중기(旅中記)

_노천명

북행(北行)하는 차를 타면 모두 북녘 땅으로만 쏠려가는 것 같고, 남행(南行)을 하다 보면 모두 일본으로만 밀려가는 것 같다.

맞은편에 자리한 두 신사가 청사진지(靑寫眞紙, 청색이나 자색 계통의 용지)를 펼쳐 놓고 중석(重石)이니, 유화철(硫化鐵)이니 하며 떠드는 것이 광(鑛, 광업)을 하는 사람들인가 싶다.

왕콩만 한 빗발이 두꺼운 유리창을 후려갈긴다. 차창 밖으로 보이는 논에서는 한창 모를 내느라 바쁘다. 도롱이(짚, 띠 따위로 엮어 허리나어깨에 걸쳐 두르는 비옷)를 입고 논에 들어선 모습이 흡사 왜가리떼 같다. 어버이의 안색을 살피듯이 항상 하늘을 쳐다보고 사는 사람들. 비를 보고 '오신다'고 하는 말이 생각하면 나름대로 의미가 있는 것이다. 하지만 비가 이렇게 잘 오시다가는 자우(慈雨, 식물이 자라는 데 도움이 되게 내리는 단비)가 호우(豪雨, 짧은 시간에 많이 내리는 비)로 변하고, 강물은 증수(增水, 물이 불어서 늚)가 되어 시민들을 위협할 염려가 있다.

집을 떠난 지도 어느새 달포가 되었다. 또 비가 오고 보니, 적잖이 심란해진다. 제 낡은 처소로 돌아가는 본능이란, 그 낡은 처소가 비록 국립공원의 퇴색한 벤치라 하더라도 소중하기 그지없다. 특히 낯선 곳에 있다 보면 집이란 실없이 그리운 곳이 되고 만다.

내가 없는 동안 서울에선 무슨 큰 변이라도 생길 듯하다. 이에 신문을 보면, 우선 인사 소식(人事消息)을 살피고, 하찮은 일 단짜리 기사에도 눈이 안 가고는 배기지 못한다. 하지만 막상 돌아가 보면 모든 것이 그대로다.

비는 점점 더 퍼붓고, 차창엔 빗물이 흡사 냇물처럼 흘러내린다. 팔짱을 끼고 앉았으려니 여행 중 신문에서 본 어떤 지인(知人)의 상스럽지 못한 소식이 나를 우울하게 한다.

한 사람을 진정 잘 알기란 참으로 어려운 일인가보다. 잘 아는 줄만 알았는데, 어느 날 전혀 몰랐던 인간성을 알게 되어 서먹해져 돌아서는 일이 없잖아 있기 때문이다.

K 남작의 위조절수(僞造切手, 위조수표) 기사가 머릿속에서 떠나지 않는다. 보도란 간혹 특종을 노리는 데만 급급하므로 오전(誤傳, 사실과 다르게 전함)이 없는 바도 아니지만, 기린처럼 착하기만 했던 그가 그런 범죄를 저지를 줄이야 누가 알았겠는가.

어느새 신사들이 내린 자리에는 여인이 한 명 앉아 있다. 여인은 오랫동안 병으로 누워 있다가, 더는 희망이 없는 남편과 호적을 가른 후 친정으로 돌아가는 길이라고 했다.

　이렇게 장부를 정리하듯 인생이 사무적일 수 있다면 얼마나 편할까.
하지만 또 주판알처럼 얼마나 깔깔하랴(감촉이 보드랍지 못하고 까칠
까칠하다).

　웬만하면 먼 길에 그녀와 말벗을 하고 가면 지루하지 않을 수도 있겠
지만, 나는 유리창에 부딪히는 빗방울을 바라보기로 했다.

　어서 처소로 돌아가 여장을 풀어놓고 아랫집 소년의 아코디언 소리를
듣고 싶다.

- 1948년 수필집 《산딸기》

향산기행

_노천명

여행이란 사전에 일정과 일행을 조율하고, 모든 것이 갖춰진 준비 하에 행해지는 것보다는, 모름지기 뜻하지 않게 갑자기 행장을 차려 훌쩍 떠나는 것이 실로 멋진 일이며, 또 여기에 여행이 갖는 낭만의 진미(眞味, 참맛)가 있는 법이다.

혼자 길을 떠나 찻간에서 전혀 알지 못하는 사람과 이웃해 앉는 것은 여간 신경 쓰이는 게 아니다. 반면, 내 마음대로, 내 생각대로 할 수 있어서 좋다. 묘향산(妙香山, 평안북도 영변과 희천, 평안남도 덕천에 걸쳐 있는 산)의 절경을 구경한 것도 그런 의외의 수확 중 하나였다.

내가 다니는 신문사의 사규(社規)에 따르면, 부지런히 일한 사원에게는 일 년에 2주일 동안 휴가를 준다는 게 있다. 하지만 실상은 기껏해야 한 닷새쯤 쉬면 많이 쉬는 것이었다.

휴가는 흔히 한여름 삼복중에 얻게 되며, 사원들은 번갈아가며 휴가를 얻어야 했다.

나는 장마가 한창이던 때 휴가를 떠나게 되었다. 모처럼 얻은 휴가를 장마 때 받기는 아닌 게 아니라 좀 애석한 감이 없잖아 있었다. 하지만 비가 그치고 보면 또 일이 한창 바쁜 때라, 몸을 빼기가 좀 어렵게 되었기에 그대로 휴가를 받기로 하고, 경의선(京義線) 패스를 얻어왔다. 그러고는 닷새라는 휴가 동안 어떻게 하면 최대한의 효과를 거둘 수 있을지 열심히 궁리했다. 그 결과, 동룡굴(蝀龍窟, 평안북도 구장 용문산 남쪽에 있는 종유굴)과 묘향산에 가기로 했다. 마침 묘향산엔 K가 있었고, 영변엔 친한 친구인 H의 집이 있어, 휴가 때 한 번 오라고 하던 차였다. 이에 동룡굴에 들렀다가 묘향산으로 돌아서 오기로 했다.

밤차를 타고 가면서 보니, 서울에서부터 내리던 비가 어느새 걷히고 있었다. 이대로만 지속된다면 내일은 아주 쾌청할 것만 같았다.

이튿날 아침, 평양역에서 만포진선(평양에서 평안북도 만포에 이르는 철도 노선)으로 갈아탔다. 차가 마치 경편철도(輕便鐵道, 기관차와 차량이 작고, 궤도가 좁으며, 규모가 작은 철도)처럼 자그마한 게 등급을 가릴 필요조차 없었다. 그런데 떠날 시간이 되었는데도 무려 수십 분 동안을 염치없이 지체하지 뭔가.

잠시 후 겹수건을 날아갈 듯이 머리에 쓴 젊은 여인네 하나가 찻간으로 급히 오르는 것이 보였다. 여인은 차에 오르자마자 미리부터 자리를 잡고 있던 중년 남자를 보더니 서슴지 않고 말을 걸었다.

"아, 어디 가세요?"

그 역시 웃으면서 그녀를 반갑게 맞았다.

"양덕온천에 좀 갑니다."

서로 잘 아는 사이인 듯했다. 어쨌든 그 쾌쾌한 기상이 마음에 들었다.

"아, 그러세요. 그럼 순천에서 갈아타시겠네요? 저는 희천에 일이 있어서 가는 길이에요."

그들의 이야기를 통해 순천에서 기차를 갈아타면 양덕이라는 온천에 갈 수 있다는 걸 어렴풋이 짐작할 수 있었다.

잠시 후, 나는 차장에게 동룡굴 가는 길을 한 번 더 자세하게 물었다.

"동룡굴에 가려면 구장(球場)에서 내려서 어떻게 가나요? 혹시 버스 편이라도 있나요?"

내가 이렇게 묻자, 차장은 다소 딱한 얼굴을 한 채 이렇게 말했다.

"동룡굴이요? 이 일을 어쩌나. 동룡굴은 지금 장마가 져서 볼 수 없는데."

"그래요—오?"

말에서 힘이 빠질 수밖에 없었다. 그도 그럴 것이 여행의 시작부터 계획이 어긋났기 때문이다.

"그럼 묘향산도 못 볼까요?"

"거긴 괜찮지 않을까요?"

말은 그렇게 했지만, 차장 역시 자신하지 못하는 듯했다. 이에 적잖이 불안해지기 시작했다. 순간, '좀 더 있다가 휴가를 낼 것을 그랬나 보다.'

란 생각이 머릿속을 스쳤다. 하지만 이제 되돌릴 수 없는 일이었다. 이에 더는 불안에 눌리는 것이 싫어 창밖으로 얼른 눈을 돌려버렸다. 수수나 조가 심어졌어야 할 텐데, 가도 가도 옥수수밭뿐이었다. 옆에 있던 여인에게 "웬 옥수수를 저렇게 많이 심느냐?"고 물었더니, 이곳에서는 옥수수가 큰 농사라며, 많은 곳은 옥수수를 몇백 석씩 거둬들이기도 한다고 했다. 이에 깜짝 놀란 기색을 보이자, 여인이 나를 향해 되물었다.

"어디까지 가세요?"

"묘향산까지 갑니다."

"어디에서 오시는데요?"

"저어, 서울에서 오는 길이에요."

그러나 이때만큼은 서울이 저 멀리 떨어져 있는 듯했다.

오후 5시 25분. 마침내 묘향산 역에 도착했다.

비가 온 뒤인지라 땅이 매우 질었지만, 다행히 우산 없이도 다닐 만큼 날이 개어 있었다. 역에서 내린 후 얼마 안 가서 자동차가 한 대 서 있기에 쳐다보니 K 씨가 마중을 나와 있었다. 그에 의하면, 내가 언제 올지 몰라 날마다 차 시간만 되면 나와 보았다고 한다.

차가 달리는 동안 우리는 서로의 안부부터 시작해 여러 가지 이야기를 나눴다. 그러다가 우연히 묘향산 이야기가 나왔는데, 이곳 사람들은 묘향산을 '묘'자를 뺀 채 '향산'이라고 부른다고 했다. 그렇게 부르는 것이 더 정답기 때문이란다. 이에 나 역시 이제부터는 향산이라고 부르기로 했다.

차는 약 20분을 달려 보현사에 도착했다. 나는 한 여사(旅舍, 여관)에 여장(旅裝, 여행할 때의 차림)을 푼 후, 이튿날 새벽 향산에서 제일가는 명승인 상원암(上院菴)에 오르기로 했다.

이튿날 아침, 일찌감치 일어나 보니 보슬비가 내리고 있었다. 산에 오르기는 어려울 듯했다. 그도 그럴 것이 자욱하게 안개가 둘린 봉우리가 마치 구름 속에 갇힌 듯했다. 하는 수 없이 이날은 여관에서 멀지 않은 보현사를 방문하기로 했다.

보현사는 향산의 주찰(主刹)이자 한국 5대 사찰로 꼽히는 곳으로, 정종(靖宗) 8년 24전각(殿閣)의 대가람(大伽藍)을 창건한 후 3천 승도(僧徒, 수행하는 승려의 무리)가 모였을 정도로 역사가 매우 깊었다. 화웅전(和雄殿)과 만세루(萬歲樓) 등은 원주며, 천정의 단청이 낡아 그 빛을 알아보기 어려웠지만, 그 웅대하고 장(壯)한 맛이 새것을 압도하고도 남았다. 거대한 종이며, 어마어마하게 큰 북이 한 번 울릴 때면 그야말로 사바중생(娑婆衆生, 괴로움이 많은 인간 세계의 살아 있는 무리)의 괴로움과 번거로움을 어루만져 줄 듯했다. 이에 전당 안을 이렇게 둘러보고, 뜰에 나와 거닐어도 보며, 지난날의 유향(幽香, 그윽한 향기)을 맡아보았다. 전에는 이런 전각이 20여 채나 이 부근에 즐비했다는데, 장구한 세월을 지나는 동안 허물어지고 혹은 헐려서 지금은 불과 10여 채 남짓밖에 남아 있지 않았다. 그런데도 잔디밭 지름길을 사이에 두고 혹은 디딤돌로 돌이 띄엄띄엄 서 있는 전각들은 3천 승도가 모였다는 찬란했던 옛 전설을 충분히 상상하게 하고도 남음이 있었다.

절간 곳곳에는 이끼 낀 비석이 있다. 그중 하나에 다가가 비문을 언뜻 보니 서산대사니, 사명대사니 하는 고승들의 이름이 나오는 게 여간 반갑지 않았다.

이렇듯 낡고 오래된 절은 사람의 손이 잘 안 가서 건물이며, 그 안의 모든 것이 노구(老軀, 늙은 몸) 그 자체였다. 특히 한때는 절의 살림살이를 책임졌을 부뚜막은 큰 가마솥이 걸린 채 이미 반 이상이 무너져 있었다. 이에 부엌을 나서며 공연히 절의 재정(財政, 경제 상태)을 걱정하기도 했다.

절을 내려오면서 보니, 길가 밭에 옥수수가 탐스럽게 열려 있었다. 이에 K가 주인 듯싶은 여인에게 "옥수수 좀 쪄서 팔 수 없느냐?"고 물었더니, 여인은 지극히 몇 마디 안 되는 말과 태연한 태도로 "안 된다"며 일축하고 말았다.

두 번 다시 말을 건네지 못한 채 내려오다가 다른 곳에서 이번에는 농군처럼 보이는 남자에게 "옥수수 좀 사자"고 했다. 그러나 그 역시 "돈을 줘도 팔 수 없다"고 했다. "왜 그러냐?"고 물으니, "이 근방에 있는 것들은 무엇이든 부처님께 먼저 드렸다가 먹는 법인데, 아직 옥수수는 드리지 않았으니, 아무도 먹을 수 없다"는 것이었다.

이튿날에도 아침 날씨가 그리 깨끗하지 못했다. 산허리에는 안개가 둘리고, 빨래를 축이기(물 따위에 적시어 축축하게 하다) 좋을 만큼 이슬비가 내렸다.

아침을 먹은 후 잠시 쉬고 있자니, 어제저녁에 부탁해놓았던 상원암에 함께 갈 안내인이 도착했다. 이에 "비가 와서 어떻게 산에 오를 수 있겠냐?"며 괜스레 걱정을 하자, "이런 비쯤은 해가 퍼질 때쯤이면 갠다."며, "여기는 원체 산이 높고 깊어서, 언제나 아침결엔 산허리의 안개가 걷히느라 이슬비가 내린다."고 했다. 산 사나이가 어련히 산골 천지를 잘 알랴싶어 가벼운 복장으로 쾌히 그 뒤를 따라나섰다.

오늘은 우리 일행에 학생이 한 명 더 늘었다. K에게 물으니, 도쿄 모 대학에 다니는 청년으로, 얌전한 것이 동행을 해도 괜찮을 것이라고 했다. 그를 보니, K의 말대로 무척 점잖아 보였다. 이에 이의(異議, 다른 의견) 없이 그와 동행하기로 했다.

우거진 풀 속 여기저기에 우뚝우뚝 서 있는 비석을 낀 채, 우리는 보현사 뒷산으로 가는 길을 헤쳐 나갔다. 갖은 풀과 칡덩굴을 헤치고 나가자 일조청류(一條淸流, 한 줄기 깨끗한 물)가 우리 앞을 가로막았다. 이에 일행은 양말을 벗고, 운동화를 손에 든 채 냇물을 건넜다. 그리고 다시 양말을 신고 걷노라니, 이번에는 폭포처럼 쏟아지는 물이 또다시 길을 가로막았다. 우리가 또 신발을 벗으려 드니, 안내자는 상원암까지 가려면 이런 물을 수없이 건너야 할 테니, 그냥 들어서라고 했다. 할 수 없이 그 말을 따르니, 과연 그의 말대로 숱한 청계(淸溪)가 나왔고, 이를 모두 건넌 뒤에야 겨우 산복(山腹, 산비탈)에 이를 수 있었다. 하지만 그것이 끝이 아니었다.

쉬지 않고 계속해서 산비탈을 오르다 보니, 숨이 가빠오기 시작했다. 그렇다고 해서 경사가 무척 심한 험한 길은 아니었다. 하지만 원체 높이 올라가다 보니, 나처럼 심장이 약한 사람은 자꾸만 쉬어 가자는 말이 나올 수밖에 없었다.

몇백 년을 묵은 나무인고? 아름드리 수목들이 체격 좋은 청년처럼 알맞게 비대해져서 서로 엉킴 없이 하늘을 향해 쭉쭉 뻗어 있었다. 문득 '세상이 괴로워지면 향산으로 들어와 저 나무들을 툭툭 찍어 통나무로 집을 짓고, 맑은 물과 푸른 산이 싫증나도록 살아볼까'란 생각이 들었다.

잠시 후 정신을 차려보니, 어느 틈에 일행과 사이가 꽤 멀어져 있었다. 안내인의 향산가(香山歌)를 들으며 울창한 수간소로(樹間小路, 나무 사이로 난 작은 길)를 따라 앞서거니 뒤서거니 하며 보는 좌우의 승경(勝景, 빼어난 경치)은 아픈 다리를 잊게 할 만큼 아름다웠다.

아름드리 박달나무며, 향목(香木)들이 가는 길에 내내 늘어서 있다. 마치 기름으로 윤을 낸 것처럼 박달나무는 반짝거렸다. 설암대사(雪岩大師)의 시에 '산재청천살수원 웅반면한접천문 경간황락간임후 향목청청설리흔(山在淸川薩水源 雄潘面寒接天門 更看黃于林後 香木靑靑雪裡痕)'이라 하여 향목(香木)이 많다고 했다니, 향산(香山)이란 이름 역시 향나무가 많은 데서 나온 것은 아닌지 모르겠다.

어느덧 한나절이 가까워졌다. 잡새 소리 하나 들리지 않고, 시내도 보이지 않는데, 어디선가 물소리가 들려와 산속의 고요함을 한층 더 느끼게 했다. 맑은 공기와 산의 정기를 마음껏 마시며, 우리는 인호대(引虎

臺)를 지나 상원암에 다다랐다.

우리는 그곳에서 점심을 먹으며 잠시 지친 다리를 쉬었다가 한 줄기 장폭(長瀑, 긴 폭포)을 뒤로 한 채 다시 산록(山麓, 산기슭)으로 돌아가 갈대를 헤치며 산을 기어올랐다.

이윽고 산마루에 이르자 사리탑(舍利塔)이 하나 서 있는 게 보였다. 그 맞은편에는 단군굴(檀君窟)이 있었다. 단군굴은 암혈(巖穴, 바위에 뚫린 굴)이 궁륭(穹窿, 활이나 무지개처럼 한가운데가 높고 길게 굽은 형상. 또는 그렇게 만든 천장이나 지붕)하여 마치 집처럼 되어 있는데, 혈구(穴口, 굴 입구)의 높이는 한 장 반, 넓이가 50척, 속의 길이는 35척이나 된다고 하니, 골짜기 하나를 사이에 두고 바라보기에는 그다지 큰 것 같지 않았다.

이렇게 우리는 전설을 씹으며 한동안 단군굴을 바라보았다. 그리고 다시 돌아가기 위해 산허리를 타고 내려가기 시작했다.

중로(中路, 오는 길의 중간)에 서산대사의 정양처(靜養處, 몸과 마음을 안정시키기 위해 휴양하는 곳)였다는 금강굴을 보며 내려오는데, 풀리다 남은 구름이 연화봉 허리에 둘린 것이 선녀의 우의(羽衣, 날개옷)가 아닌가 싶었고, 원근 연봉들이 비를 머금은 듯 스스로 안개에 둘려 있는 모습은 잘 그린 한 폭의 수묵화를 보는 듯 황홀했다. 아쉬운 점이 있다면 향로봉 정상에 올라 향산의 팔만사천 봉을 내려 굽어보지 못했다는 것이다. 하지만 나는 이것만으로도 충분했다.

일찍이 서산대사가 한국의 4대 명산을 평하며 가로되, "금강산이 부

장(金剛山而不壯, 금강산은 빼어나지만 장엄하지 못하고), 지리장이부
수(智異壯而不秀, 지리산은 장엄하지만 빼어나지 못하며), 구월부장부
수(九月不壯不秀, 구월산은 장엄하지도 못하고 빼어나지도 못하다), 묘
향역장역수(妙香亦壯亦秀, 묘향산은 장엄하기도 하고 빼어나기가 이
를 데 없다)"라고 하여 향산을 최고의 명산으로 꼽았다고 하니, 우리가
이렇게 보고 취함도 지나침은 없으리라.

저녁이 가까워졌을 즈음, 피곤한 다리를 이끌고 보현사를 지나려니,
염주를 목에 건 백발 스님과 어린 상좌들이 나란히 앉아 목기(木器)에다
밥을 떠서 묵묵히 식사를 하고 있었다. 이에 우리는 은연중에 잡담을 삼
킨 채 옷깃을 여몄다. 때마침 우물가에서는 여인이 고사리를 헹구고 있
었다.

-1948년 수필집 《산딸기》

비는오고

어머니는아니오시고

바람은불고

수수밭은스르렁이는데

나는기다림만쌓이고

그리고또어느날은

여름밤모깃불보리껄타는냄새

모기란놈울음에아릿한추억.

_ 이양우, 〈여름밤〉 중에서

여름 풍경

_채만식

다음 이야기는 고향에서 한여름을 지낼 때 실제로 있었던 일이다.

낚시

반생(半生, 한평생의 반)에 처음으로 낚시질을 가려고 약속을 해놓고, 이튿날 아침 부지런히 일어나보니, 이미 해가 동동(작은 물체가 떠서 움직이는 모양) 솟은 아홉 시였다. 부랴부랴 세수와 아침 식사를 마치고 이웃에 사는 이 군에게 달려갔다. 태공망(太公望, 강태공을 말하는 것으로 '낚시꾼'을 비유적으로 이르는 말)이란 건 한가롭고 여유가 있으며, 팔자 좋은 것이라고 하더니 내게는 그렇지 못함을 통감해야 했다.

이 군은 이미 모든 준비를 마치고 나를 기다리고 있었다. 낚싯대, 낚싯줄, 낚싯밥, 깻묵, 자리, 다래끼, 말뚝, 양산 그리고 점심…… 모두 우리 두 사람분의 몫이었다.

잠시 후 우리는 그것을 넣은 가방을 척척 둘러멘 후 비로소 장도(壯途, 중대한 사명이나 장한 뜻을 품고 떠나는)에 올랐다.

우리는 고의적삼(여름에 입는 홑바지와 저고리)에 위에는 밀짚으로 만든 벙거지를 쓰고, 아래는 풀대님(바지나 고의를 입고서 대님을 매지 아니하고 그대로 터놓음)으로 무장(武裝)했다. 그리고 혹시 있을지도 모를 뱀을 위해 구두를 신었다.

본디(처음부터 또는 근본부터), 우리 고장에서는 젊은 사람들이 낚시질하러 다니면 중늙은이들이 '호래자식(배운 데 없이 막되게 자라 교양이나 버릇이 없는 사람을 낮잡아 이르는 말)'이라고 욕을 했었다. 그러나 그것도 이제 세상이 좋아져서 태공망 적령제(適齡制, 어떤 표준이나 규정에 알맞은 나이)가 해제되어, 요즘은 누구나 하고 싶으면 맘 편히 다닐 수 있게 되었다. 그래도 아직 콧등이 새파란 젊은 놈들이 낚싯대를 둘러메고 동네를 활보하기는 어쩐지 민망했다.

근 십 리쯤 떨어진 낚시터에 도착하니 한낮이 되었다. 우리는 물고기를 유인하기 위해 우선 물에 깻묵을 끼얹었다. 그리고 각자 자리 옆에 말뚝을 박은 후 양산을 비끄러매었다(줄이나 끈 따위로 서로 떨어지지 못하게 붙잡아 매다). 그래야만 한여름의 따가운 햇살을 가릴 수 있기 때문이다―

이 군은 내가 앉은자리에 받침대를 꽂고, 낚싯대를 드리울 어름(구역과 구역의 경계)을 맞춘 후 낚시하는 법을 설명해주었다. 그는 비록 나보다 어렸지만, 낚시로는 내게 스승이었다. 그에 비하면, 나는 신입생이나 마찬가지였다.

　나는 이 군이 시키는 대로 낚싯밥인 지렁이를 낚시에 끼운 후 낚싯대의 탄력을 이용해서 낚싯줄을 물에다 던졌다. 그리고 낚싯대를 조금 당기어 받침대에 걸어놓으니, 낚싯줄 중간에 있는 낚시찌가 오르락내리락하더니 곧 제자리를 잡았다.

　'하하, 저놈이 기묘한 신호를 하는 놈, 즉 스파이구나! 그러니까 물고기로 보면 대적(大敵, 강한 적)이다. 그나저나 언제 물고기가 와서 낚싯밥을 무나?'

　하지만 아무리 초조하고 성급해도 물고기가 물지도 않은 낚시를 잡아챌 수는 없다.

　태공망의 '기다림'의 철학이 바로 여기에 있음을 나는 절실히 느꼈다. 물고기가 물지 않으면 온종일이라도 그냥 앉아 있어야 할 터이니 말이다.

　10초…… 30초…… 1분…… 2분…… 5분……

　그러나 아무리 기다려도 물고기는 소식이 없었다. 옆을 바라보니, 이 군은 아직도 낚시조차 드리우지 않은 채 준비가 한창이었다.

　"여보게, 통 물지를 않네!"

　"홍! 그렇게 쉽게 물면 물고기를 짊어지고 가게요. 진득하게 기다리다가 무는 놈이나 놓치지 마세요."

　역시나 태공망의 철학을 닦은 사람답게 느긋했다.

　그렇게 약 10분쯤 낚시찌를 바라보고 있었을까. 돌연(실로 돌연이다)

낚시찌가 간당간당(물체가 자꾸 가볍게 흔들리는 모양) 놀고 있는 게 보였다.

나는 앞뒤 생각하지 않고 낚싯대를 힘껏 잡아채었다. 그리고 커다란 물고기가 후드득거리며 선명한 은린(銀鱗, 은빛이 나는 비늘)을 번뜩이며 달려올 것을 예상하고 싱긋 웃었다.

그러나 이 얼마나 멋없고 쓸쓸한 일이란 말인가. 힘없이 채어지는 낚시에는 빈 낚시만 대롱대롱 매달려 있을 뿐이었다. 그러자 옆에서 이를 지켜보던 이 군이 남의 속도 모르고 빈정거렸다.

"미끼만 채갔네요."

나는 다시 미끼를 끼운 후 낚시를 드리웠다. 이번에야말로 절대 실패하지 않으리라는 굳은 결심과 함께.

이 군에 의하면, 낚시찌가 간당간당하는 것은 고기가 아직 낚시를 물지 않고, 미끼만 조금 떼어서 맛을 보는 것이라고 한다. 그러니, 그 순간은 그냥 두어야 한단다. 그러면 미끼 맛을 보고 난 고기가 다음 순간 낚싯밥을 덥석 물고 획 달아나게 되는데, 그 찰나에 낚싯대를 잡아채야 한다. 그런데 나는 미처 거기까지 생각하지 못한 채 서둘러 낚싯대를 잡아채고 만 것이다.

나는 '이번에야말로!' 라며 뚫어지게 물과 낚시찌를 바라보았다. 그러기를 약 5분쯤 흘렀을까. 마침내 낚시찌가 놀기 시작했다. 그것은 아주 미묘하게 간당간당하고 있었다.

나는 살그머니 낚싯대를 잡고 다음 순간을 준비했다. 그랬더니, 아닌

게 아니라 낚시찌가 물속으로 푹 가라앉는 게 아닌가. 순간, 벼락같이 낚싯대를 잡아챘다.

매우 가늘기는 했지만 손바닥에 느껴지는 진동과 묵직한 반발력! 어느 남녀의 사랑이 그보다 더 아기자기하리오. 물론 그 감각은 광선보다도 더 빠른 순간에 맛보는 것이었다. 그러니까 그것은 마치 라듐(알칼리 토류 금속에 속하는 방사성 원소)만큼이나 귀중한 것이다.

그런 짜릿한 쾌감을 주면서 낚시 끝에 물고기가 매달려 올라오고 있었다.

얼핏 보니, 아주 못생겼다. 누르스름하고, 입이 커다란 데다 격에 어긋나게 수염까지 난 자가사리(퉁가릿과의 민물고기)란 놈이었다. 하지만 그런 것은 내가 알 바 아니다. 좌우간 나는 톡톡히 재미를 봤을 뿐만 아니라 고기를 낚는 데도 성공했다.

그러나 두 번째는 허탕을 치고 말았다. 다행히 세 번째에 붕어 한 마리가 지느러미에 낚싯바늘이 꿰어진 채 올라왔다. 아마 미끼는 다른 놈이 먹고, 옆에 있다가 잘못 걸려 올라온 모양이었다.

잠시 후 재수 없이 게 한 마리가 올라왔다.

그렇게 해서 집에 돌아올 때 내 그릇에는 모두 여섯 마리의 물고기가 들어 있었다. 반면, 낚시 스승인 이 군의 그릇에는 네 마리가 들어 있었다.

이 군은 근래에 없는 불어(不漁, 물고기가 잘 잡히지 아니함)라며 매우 우울해 했다. 나는 단 한 마리만 낚았어도 만족했을 텐데, 여섯 마리나 낚아 매우 유쾌했다.

비응도(飛應島)의 노인

부청(府廳, 부(府)의 행정 사무를 처리하던 관청)이라는 곳은 유별나게 의혹이 많다. 그래서인지 주민들에게 곧잘 서비스도 하는 모양이다.

얼마 전 군산부(群山府)가 주민들을 위로한다고 항구 바깥에 있는 비응도(飛應島)에 해수욕장을 개설했다.

마침 군산을 갔던 길에 친구 몇 명과 함께 그곳으로 해수욕을 가게 되었다.

임시로 통행하는 배의 흘수선(吃水線, 배가 물 위에 떠 있을 때 배와 수면이 접하는, 경계가 되는 선)이 푹 가라앉을 만큼 나 같은 어중이떠중이를 가득 태운 배는 통통거리며 항구를 벗어나 섬이 드문 서해를 달렸다. 서해가 누렇다고 누가 그랬소? 이렇게 맑기만 한데— 비록 동해만은 못하지만.

뱃속까지 시원한 바닷바람을 맞으며 뱃전에 서 있노라니, 어느덧 목적지인 비응도에 도착하게 되었다.

바다는 이미 수많은 인파로 인해 새까맸다. 마치 콩나물시루 속에 가득 찬 콩나물처럼 그 수를 어림짐작할 수도 없을 만큼.

벌거벗은 아이들과 여자, 남자…… 모두 아담과 이브 이전으로 돌아간 듯했다.

나는 수영을 못하기 때문에 한동안 보트를 빌려 타고 놀다가 그것마저 싫증이 나서 뭍으로 올라오고 말았다. 그리고 주위를 빙 둘러보니, 저편 언덕 밑으로 인가(人家, 사람이 사는 집)가 두어 채 보였다.

옷을 걷어 입고 그쪽을 향해 걷기 시작했다.

비응도는 절해고도(絶海孤島, 육지에서 아주 멀리 떨어진 외딴 섬)였다. 또 섬 자체가 매우 작아서 이 넓은 바다 가운데 놓여 있다가 거센 풍랑에 씻겨가지나 않을지 마음에 걸릴 만큼 위태위태했다. 그래도 사람이 살았고, 논을 풀어 얼마간의 농사를 지었다. 얼핏 들으니, 다섯 가구에 열네 명이 살고 있다고 했다.

'왜, 이런 곳에서 살까?'

가장 가까운 항구인 군산까지 가려면 바람과 물을 잘 만나도 목선(木船)으로 꼬박 반나절이 걸린다는데.

그렇다고 해서 섬 부근에서 생선이 많이 잡히느냐 하면, 그렇지도 않다. 땅이 기름져서 농사짓기가 좋은 것도 아니다.

섬사람들은 매우 가난하다. 그러면서도 육지가 저버리고, 시대와 세상이 저버린 이곳에서 그런대로 살아가고 있다.

그렇다면, 그들은 진세(塵世, 정신에 고통을 주는 복잡하고 어수선한 세상)를 피해 살아가는 선인(仙人, 도를 닦는 사람)들이 아닐까. 그렇지도 않다. 도리어 육지 사람들보다도 더 현실적이고, 잇속에 빠르다.

고추밭 언덕에서 노인 하나가 풀을 뽑고 있었다.

나는 노인에게 다가가 이렇게 물었다.

"할머니, 언제부터 여기서 사셨어요?"

노인이 힐끔 나를 돌아보았다. 그러나 귀찮았던지 곧 예의 행동으로 돌아갔다. 낯선 양복쟁이가 쓸데없이 그건 왜 묻느냐는 것이었다.

"한 칠십 년 되우. 왜 그러우?"

"아니, 저는 여기 놀러 온 사람인데 하도 한적해서요. …… 그럼, 생활 은 어떻게 하세요?"

"농사도 짓고, 고기도 잡지요."

"왜 군산 같은 좋은 데로 가서 살지, 이런 데서 사세요?"

"살던 데가 좋지요."

이 말은 확실히 내게 울리는 맛이 있었다.

그렇다. 사람은 다른 곳만 못하더라도 자기가 사는 곳이 좋은 법이다.

노인도 여기서 나고 자라 살다가 여기서 죽을 것이다.

"뭐 하러들 와서 저렇게 요란하우?"

노인이 내게 물었다.

"해수찜 하러 왔답니다."

"어디 바닷물이 없어서 여기까지 와."

노인이 입을 삐쭉거리며 말했다.

박꽃 피는 저녁

내가 나고 자란 집.

어느덧 해가 지고, 더위가 슬며시 물러갔다. 그러자 기다렸다는 듯이 섶울타리(나뭇가지 여러 개를 합하여 단으로 하고 칡넝쿨이나 새끼 등 으로 결속해서 만든 울타리)의 박꽃이 한꺼번에 환하게 핀다. 뒤울(집 뒤 의 담이나 울타리) 안 장독대 옆에서는 조그마한 분꽃이 함께 핀다.

산들바람이 지나가다가 이슬 어린 거미줄을 톡—하고 건드린다. 어스름은 짙어간다. 그럴수록 박꽃은 더 희고, 더 은근하게 어둠 속에서 뚜렷이 떠오른다. 사실 박꽃은 제일 예쁜 꽃은 아니다. 촌 새색시처럼 부끄럼을 타는 꽃일 뿐.

옛날 궁에서 왕비를 간택할 때 "무슨 꽃이 제일 좋으냐?"고 물었더니, "벼꽃과 목화꽃이 제일 좋다"고— 한 이가 뽑혔다는 이야기가 있다.

만일 내가 그 간택의 소임을 맡은 사람이었다면, 그런 정취 없는 이를 왕비로 뽑지는 않았을 것이다.

꽃은 사람에게 아름답게 보여서 좋은 것이지 특정한 열매를 맺기 때문에 아름다운 것은 아니다. 그러므로 "벼꽃과 목화꽃이 제일 좋소." 라고 답한 이는, 비록 그 대답은 기발할지언정, 엄밀히 말해 타산가(打算家, 자신의 이해관계를 계산하는 사람)라고 할 수 있다.

박꽃이 좋다는 것 역시 어찌 보면 그런 의미로 볼 수 있다. 하지만 실은 그렇지도 않다. 박꽃은 황혼에 피어 있는 것이 적막해서 좋기 때문이다. 적막하다는 것은 보는 사람에 따라 다를지 모르지만, 여름 석양에 핀 박꽃을 보고 시원해 하지 않을 사람은 없을 것이다.

텃밭에 저녁 안개가 소리 없이 내려앉는다. 벌써 옥수수수염이 시들고, 마늘에는 고동빛(검붉은 빛을 띤 누런빛)이 솟았다. 노랗던 쑥갓 꽃역시 어느새 시들어버렸다.

텃밭 잡풀 위에는 축축한 빨래가 널렸다. 이슬이 내려 빨래를 적신 후풀 끝에 대롱대롱 구슬이 맺게 한다.

나비 역시 풀 끝에서 하룻밤 지나가던 잠자리를 빌어 고단한 꿈을 맺는다.

모깃불을 태운 잿더미에서 매캐한 연기가 뭉게뭉게 피어오른다. 모기 떼가 사방에서 왱왱—하고 떼 지어 무는 것이 깊은 땅속에서 울려 나오는 것처럼 멀게 들린다.

날은 아주 어두워졌다. 때마침 갈고리 진 초승달이 서쪽으로 넘어가려고 한다. 반딧불이 호박 덩굴 우거진 울타리 가에서 하나 또 하나 그리고 둘이 날며 반짝인다. 사립문 앞길을 지나가는 사람들의 이야기 소리가 도란도란 들리다가 사라진다.

밤은 촉촉하고 조용하다. 박꽃은 어둠 속에서 하얗게 빛난다. 호박벌이 날아와서 나래(날래)를 울린다.

밤에 피는 꽃에는 밤에 찾아오는 나비가 있다.

마당에서는 밀짚 방석 위에 돗자리를 펴놓고 빨래 다리기가 한창이다.

멀리 원두막에서 퉁소 소리가 끊겼다 이어졌다 한다.

이렇듯 인상 깊은 고향의 옛집이 마당은 물론 텃밭도 없어진 채 겨우 형태만 남아 있다. 하지만 쓰러져가는 그 집 울타리에서도 이때쯤이면 박꽃이 환하게 피어나고 있으리라.

녹음(綠陰)

여름방학에 들어간 텅 빈 학교 경내는 마치 천 년이나 비어 있었던 듯이 한가하고 녹음이 짙다.

옛날 동헌(東軒)이었던 곳을 그대로 고쳐서 교실로 쓰는 육중한 기와집이 짙은 그늘 속에 박혀 있다. 그 옆으로 반듯반듯한 학교 건물이 두 개 나란히 놓여있다.

동헌 앞마당에는 둘레가 여섯 간(間 길이의 단위. 한 간은 여섯 자로, 1.81818m에 해당한다)이나 되는 느티나무가 들어앉아 커다란 그늘로 마당을 가득 덮고 있다.

교실 앞으로는 잎이 우거진 벚나무가 일렬로 죽 늘어서 있다. 그중에는 내가 졸업하면서 심은 놈도 있다. 하지만 그것이 어느 나무인지는 운동장의 지형이 변해서 알 수 없다.

넓은 운동장 변두리로는 키 크고 그늘 좁은 포플러나무가 빙 둘러서 있다.

따가운 햇볕이 땅에 반사되어 눈이 부시다.

교실 처마에서는 참새들이 제멋대로 지저귀며 날뛴다.

포플러나무에서 쓰르라미(매밋과의 곤충)가 바람결에 지나듯이 스르르―울다가 그친다.

졸릴 만큼 조용하다.

어디선가 노인이 장죽(긴 담뱃대)을 문 채 그늘에 앉아 졸고 있을 것만 같다.

갑자기 교실에서 오르간 소리가 단조롭게 울린다. 당직 교원이 심심하다 못해서 짚는 모양이다.

어느 구석에서 나왔는지 콧물 흘리는 아이들이 한데 몰려간다.

해는 길어서 이제 겨우 한낮이다. 아마 이 해가 지자면 몇백 년은 더 걸려야 할 것이다.

학교 왼쪽 언덕바지가 옛날 '감나무골'이다. 감나무가 많아서 그렇게 불렀단다. 하지만 그곳에는 대추나무도 많다. 그보다도 집을 에워싸고 있던 대숲이 퍽 무성해졌다. 그러나 이제 대숲도, 감나무도 모두 사라지고 말았다. 옛 집터에도 모두 새집이 들어섰다. 그곳에 살던 내 친구 '오동(伍童)이'가 그립다.

옛날 같으면 원님이 버티고 앉아 있을 동헌으로 올라가 아이들의 책상을 모아놓고 드러누웠다.

이십 년…… 이십 년 전에는 나도 여기서 콧물 꽤나 흘리며 공부를 했었다. 감나무골 오동이도 있었고, 그 밖에 다른 친구들도 있었다. 그 뒤 이십 년이 어떻게 해서 지나갔는지, 나는 거짓말 같아 미덥지가 않다. 혹시 옛날 이 동헌에 앉아 이 고을 백성을 다스렸던 원님 가운데 살아 있는 이가 있어 지금 이곳에 와 본다면, 그는 나보다도 더 감회가 깊을 것이다.

이런 생각을 하다가 마주치며 불어오는 시원한 바람에 그만 잠이 들고 말았다. 그리고 어린 시절의 꿈을 꾸었다.

잠에서 깨어나고 보니, 해가 제법 기울어지고, 그늘진 테니스 코트에서는 라켓에 공 맞는 소리가 퐁퐁—한가롭게 들려온다.

-1936년 7월 17일~18일, 20일~22일 〈조선일보〉

여름의 원두막 정취

_채만식

─ **묵은 일기의 일절(一節, 한 구절)에서**

×월 ×일

폭양(暴陽, 뜨겁게 내리쬐는 햇볕) 아래서 온종일 정구(중앙에 네트를 두고 라켓으로 연식 공을 양쪽에서 치고 받는 운동경기)를 했더니 몹시 피곤하다. 이에 집에 돌아와서 목욕을 하고 나니, 아직도 해가 많이 남아 있다.

P군과 S군이 참외를 먹으러 가자며 왔다. 마침감(어떤 경우에 꼭 알맞은 사물이나 일)으로 맥주병에 소주를 넣어 들고─

큼직한 밀짚 벙거지에 동저고리(남자가 입는 저고리) 바람으로 풀대님(바지나 고의를 입고서 대님을 매지 아니하고 그대로 터놓음)을 한 후 단장(短杖, 짧은 지팡이)을 끌고 나섰다.

봄에 심은 모가 벌써 뿌리가 잡혀 제법 검은 기운이 돋고 있었다. 석양에 산을 돌아 넘는 뻐꾸기 소리는 언제 들어도 그윽하고 한가롭기 그지 없다.

낚시를 마치고 돌아오는 낚시꾼을 만나 깔다구(농어 새끼) 두 마리를 토색(돈이나 물건 따위를 억지로 달라고 함)했다. S군이 고추장과 식초를 가지러 뛰어가는 것을 아주 생선까지 줘서 보냈다.

원두막을 지키는 조서방은 막 위에서 잠을 자고 있었다. 때마침 원두밭에서는 물큰하게 잘 익은 참외 냄새가 코로 솔솔 들어와 입맛을 마구 당겼다.

원두막 위는 뱃속까지 시원하게 바람이 불어오고 있었다.

우리는 우선 금싸라기 참외를 한 스무 개 정도 따다 놓고 먹었다. 한 볼도 안 될 만큼 조그만 것이 제법 노란색을 띠고 있었다. 이윽고 껍질을 벗겨내자 배처럼 하얗고 연하며 단 냄새가 가득 풍겼다. 이에 그 자리에서 한 접(채소나 과일 따위를 묶어 세는 단위. 한 접은 채소나 과일 백 개를 말함)은 먹을 성싶었다. 그렇게 해서 실컷 먹은 후 담배를 피우고 있으니, S군이 안주를 장만해서 헐레벌떡 올라온다.

잠시 후 알코올 도수 60도가 넘는 독한 소주가 가슴을 훑고 내려갔다. 생선회는 혀가 짜르르하게 매우면서도 씹을수록 새로운 맛이 났다.

때마침 삼돌이가 나뭇짐을 지고 앞산 기슭을 돌아 나오며 초금(草琴, 풀잎피리)을 불고 있었다. 청승맞고 요염하기가 삼돌이의 주둥이를 싹싹 비벼주고 싶을 만큼 가슴을 울렸다. 동네가 멀고, 젊은 과부가 없기에 말이지, 언젠가는 반드시 큰일을 낼 놈이다.

취한 김에 드러누운 것이 잠이 들었던 모양이다.

달이 벌써 한 길이나 올라오고 제법 산득거린다(갑자기 서늘한 느낌이 자꾸 듦). 옆에서는 P군과 S군이 세상모른 채 자고 있다.

조 서방은 벌써 저녁밥을 먹고 와서 모깃불을 피운다. 뭔가 태고(太古, 아주 먼 옛날)로 돌아가려는 느낌이 있다.

P군과 S군을 깨워서 함께 내려오니 이슬이 발을 적신다.

도시에서 연애하던 애인이 있다면 데리고 와서 함께 놀고 싶은 담백한 생활이다.

-1930년 7월 〈별건곤〉

비응도의 쾌유

_채만식

몇 해 전 고향에 내려가 있을 때다. 여름도 한여름이던 8월 초, 별로 할 일도 없이 놀고 지내던 터라 늘 군산을 오가며 지냈다.

그날도 아침 일찍 군산을 가서 형님 집에 들렀다가는 바로 R군을 찾아 갔다. 마침 일요일이라 다른 친구들도 여럿 와 있었다.

그들 중 누군가가 비응도에 해수욕장이 개설되었을 뿐만 아니라 배편 이 좋다는 얘기를 꺼냈다. 그러자, R군의 발의(發意, 의견을 내놓음)—라 기보다는 알선(斡旋, 남의 일이 잘되도록 주선함)으로 인해 해수욕을 가 게 되었다. 그러나 말이 해수욕이지, 실은 해수욕에는 인연도 없을 뿐만 아니라 흥미도 그다지 없는 사람들이었다. 차라리 멀리 서해에 떨어져 나가 있는 비응도라는 섬과 배를 타고 넓은 바다에 나가서 하루를 보낸 다는 데 더 매력을 느꼈다. 이에 누구 한 사람 수영복을 장만하려고 하지 않았고, 수건 한 장씩만 손에 든 채 허둥지둥 선창으로 뛰어나갔다.

통! 통! 통! 통!

우리가 탄 커다란 목선(木船)을 이끄는 조그만 모터보트가 파란 가스를 뿜으며 널직한 금강 어귀를 향해 미끄러져 내려갔다. 앞에서 끄는 모터보트에도, 뒤에 끌려가는 우리 배에도 사람이 가득했다. 오른쪽으로는 충청도 한산(韓山)과 서천(舒川), 왼쪽으로는 유명한 군산 시외의 불이식민촌(不二殖民村)이 보였다.

강어귀를 벗어나, 점점 바다가 가까워짐에 따라 물이 조금씩 맑아지기 시작했다. 군산 앞바다는 탁류로 유명할 뿐만 아니라 물결이 거세기로도 유명했다.

물이 맑아짐에 따라 뭍(육지) 가까이서는 볼 수 없었던 고기가 노니는 것이 보였다. 그중 교어(鮫魚)란 고기가 있는데, 처음에는 사람의 머리가 물에 떠 있는 줄 알고 깜짝 놀랐다. 그만큼 사람 머리를 닮았기 때문이다.

강어귀를 훨씬 벗어나니 비로소 끝날 줄 모르던 바다의 둥그런 수평선이 시야에 들어온다. 장난감 같은 조그만 섬들이 담숭담숭 물에 떠 있었다. 돛을 세운 어선들이 그 사이를 유유히 지나고 있다. 비록 물이 깨끗하지는 않았지만 한 폭의 풍경화 같은 모습이었다.

새삼 바다의 정취가 느껴졌다. 물론 뭍(육지)에서 겨우 몇십 리밖에 벗어나지 못한 곳이기 때문에 만 톤급의 큰 배를 타고 해외의 이름난 큰 항구를 드나들거나 대양을 건널 때 느끼는 특이하고 웅대한 정취는 없었지만. 그러나 나는 크고 작고 간에 자연이 주는 시적 혜택을 그다지 입지 못하고 자란 터라 비록 조그마하고 빈약한 풍경이나마 그것을 대할 때마다 감격이 솟아오르곤 했다.

그렇게 해서 네 시간 만에 비응도에 도착했다.

해수욕장은 그야말로 인산인해를 이루고 있었다. 얼마나 사람들이 많은지 마치 콩나물 대가리처럼 옹기종기 들어박혀서 오물거렸다. 하지만 말했다시피, 우리 일행은 모두 수영에는 관심이 없었다. 이에 수심 4척 5촌(대략 1.39m)을 생명선으로 정하고 그 근처에서만 왔다 갔다 했다. 그러니 재미있을 리가 없었다. 다행히 세놓은 보트가 있어서 나와 R은 그것을 잡아타고 놀았다.

하지만 보트의 힘을 빌려 꽤 깊은 데까지 나간 것까지는 좋았지만, 바닥이 새어 물이 반 이상이나 잠기고 말았다. 이제 죽는가 싶어 새파랗게 변한 얼굴을 서로 바라보며 노를 저었지만, 순식간에 보트는 물에 완전히 잠기고 말았다. 그러나 다행히 물 아래로 가라앉지는 않았다. 보트의 경우 바닷물에 침수는 될지언정 침몰은 되지 않는다는 사실을 몰랐던 것이다.

해가 거의 저물 무렵이 되어서야, 다시 군산으로 돌아오는 배를 탔다. 하지만 어디에나 꾸물거리는 사람이 있는 법이다. 밀물을 꼭 맞춰 떠나야 할 배가 결국 한 시간이나 늦고 말았다. 이때는 이 한 시간의 앙갚음을 어떻게 받을지 생각하지 못했다.

멀리 육지가 바라보일 때 해가 저물었다. 배는 속력을 내기 위해 돛을 달았다. 해가 진 게 서운하다는 듯 갈매기가 배 주위를 빙빙 돌며 지저귀고 있었다.

마도로스나 대양을 건너는 사람들의 경우 오랜만에 육지에 들어올 때 갈매기가 나는 것을 보는 기쁨이 무엇과도 비길 수 없이 감회 깊다는 말을 언젠가 들은 적이 있다. 미상불(未嘗不, 아닌 게 아니라 과연) 갈매기와 마도로스는 문자 없는 시를 주고받는 것이다.

갑자기 파도가 높아지기 시작했다. 이에 사람과 짐은 많고, 힘은 약한 우리 배는 거세게 몰려오는 역류로 인해 난항을 계속해야 했다.

밤 열두 시가 지나서야 겨우 군산 항구의 불빛을 바라보게 되었을 때는 어쩐지 이국의 낯선 항구에 들어가는 듯했다. 이에 이상하기도 하였거니와 무척 반갑기도 했다.

-1934년 7월 16일 〈동아일보〉

백마강의 뱃놀이

_채만식

여름 금강산과 삼방약수, 석왕사, 원산 해수욕장, 명사십리 해당화, 인천 월미도의 조탕(潮湯, 바닷물을 데워서 목욕하는 데에 쓰는 물)……

생각만 해도 뭔가 좀 시원해지는 느낌이다. 기왕이면 얼마나 더 시원해지는지 좀 더 자세히 써봤으면 좋겠지만, 기실 지금까지 그곳에 단 한 번도 가본 적이 없다. 그러니 자반조기 한 뭇(생선을 묶어 세는 단위. 한 뭇은 생선 열 마리를 이른다) 사서 천장에 매달아 놓고 밥 한 숟가락에 한 번씩 쳐다보는 격이다. 다만, 작년 여름에 회사에서 백마강(白馬江, 강 이름은 실상 금강이지만 중간의 어느 부분은 백마강이라고 한다) 탐방을 갔던 일이 어렴풋이 기억에 남아 있다. 이에(하기야 두 번이나 부려먹기가 좀 창피하기는 하지만) 나처럼 좋은 곳으로 피서를 가지 못하는 이들을 위해 간단하고도 괜찮은 피서 안내서나 하나 만들어보고자 한다. 그러니 일주일 정도 여유가 있다면, 이를 참고삼아 서너 명이 짝을 이뤄

내일이라도 당장 길을 떠나보자. 생각건대, 그다지 후회하는 일은 없을 것이다.

준비라야 여행비용 약 이십 원과 함부로 굴려도 상관없는 옷 한 벌이면 그만이다. 그 밖에 카메라와 간단한 악기, 그리고 담요 하나면 충분하다.

8월 10일 전후면 음력으로는 7월 보름이다. 따라서 더위도 한창이거니와 밤이면 보름달까지 환하게 떠서 휴가를 떠나기엔 안성맞춤이다.

푹푹 찌는 듯한 더위와 사람들을 피해, 서울역에서 아침 열 시에 떠나는 남행(南行) 특급열차에 몸을 실으면 시원하게 달리는 그 속도와 차창으로 들어오는 선선한 바람에 벌써 마음은 휴가를 떠난 기분이다.

그렇게 해서 네 시간가량 창밖 경치를 구경하고 있노라면, 오후 두 시가 지날 즈음 대전역에 도착한다. 그리고 거기서 호남선으로 갈아탄 후 남쪽을 향해 내려가면 오후 다섯 시쯤 강경역에 도착하게 된다. 이곳이 우리 뱃놀이의 최초 출발지다.

문제는 낯선 곳이라는 것이다. 이에 준비도 할 겸 지리 역시 익힐 필요가 있다. 그럴 때는 신문지국을 찾아가는 것이 좋다. 전국 어디를 가든 찾아오는 사람을 반갑게 맞아주기 때문이다. 그렇게 해서 안내하는 사람을 따라 시내를 한 바퀴 돌아본 후 앞산(무슨 산이라든지 이름은 잊었지만)에 오르면 강경(江景) 시가지를 한눈에 볼 수 있다.

하지만 이곳은 강경평야라는 넓은 들판 가운데서 발전한 상업지대일 뿐 오래된 유적이 있거나 경치가 아름다운 곳은 아니다. 물론 약간의 유적과 소위 '강경 팔경'이라고 하는 곳이 없는 것은 아니지만 그다지 신통하지 않다. 또 강을 끼고 있기는 하지만 물이 탁해서 깔끔하고 상쾌한 맛 역시 부족하다. 이른바 강경(江景)에 강경(江景)이 없는 것이다.

시내 구경을 마친 후 여관을 찾아들면 딱 저녁 때다. 저녁을 먹은 후에는 달도 밝고 하니, 여관 뒤편에 있는 정산(亭山)에 올라가 바람도 쐬고, 맥주 한 잔쯤로 피로를 풀다 보면 그렇게 무료하지는 않을 것이다.

그러나 잊어서는 안 될 일이 있다. 내일 부여를 거쳐 공주까지 갈 배를 미리 잡아두는 것이다. 물론 자동차로도 넉넉히 갈 수는 있지만, 그것만큼 재미없는 일도 없다.

부여를 왕래하는 배가 있기는 하다. 하지만 시간에 맞춰 그것을 탈 수도 없거니와 그것을 타고 가면 중간에 마음대로 놀 수가 없다.

한 십 원쯤 주면 사공 딸린 조그마한 범선(帆船) 하나를 빌릴 수 있다. 여기에 천막 하나와 취사도구, 조그마한 그물 하나쯤 빌려두는 것이 좋다. 반드시 요긴하게 쓸 곳이 있기 때문이다. 그 밖에 쌀 몇 되와 약간의 빵, 통조림 몇 개, 맥주 한 다스(물건을 열두 개씩 묶어서 세는 단위를 나타내는 말) 정도면 충분하다. 그리고 날이 밝으면 느지막이 선창으로 나가 미리 준비해둔 배를 타고 백마강 뱃놀이의 첫 길을 떠난다.

말했다시피, 강물은 얼마 가는 동안까지 매우 탁하다. 그러나 그것은 잠시일 뿐, 차차 가는 동안 점점 맑아지기 시작한다. 맑고 푸른 강물에 돛대를 넌지시 달고 소리 없이 미끄러져 올라가다 보면 고요한 바람결에 뱃사공의 콧노래가 들려온다. 이에 뱃전에 앉아 시원한 강물에 발을 담가도 보고, 하얀 모래사장에 뛰어내려 한참 동안 걸어가면서 온몸을 쭉 편 채 소리도 질러보며, 옷을 활활 벗어 던지고 수영도 해보고, 그물을 던져 고기를 잡아도 좋다. 또 강 언덕에 있는 주막에 올라가 백마강의 별미인 우어(이 우어는 대동강과 한강과 금강 세 곳에서밖에 나지 않는다)회에 맥주잔이나 마시기도 하고.

이렇게 천천히 백마강 뱃놀이를 즐기노라면 이른 석양에 대왕벌(王場里)에 다다라 부여 규암 엿바위(窺巖津)를 가까이서 바라볼 수 있다. 물론 빨리 서두르면 강경에서 부여까지 세 시간이면 충분하다. 하지만 결코 그렇게 할 필요는 없다.

엿바위에 배를 댄 후 배에서 내려 조금 걷다 보면 자온대(自溫臺, 백마강에 솟아 있는 높이 20m의 바위)가 있다. 그리고 수북정(水北亭, 백마강 절벽에 있는 누각)이 언덕에서 강물을 굽어보며 위태롭게 서 있다. 이 두 곳에 발을 잠시 멈추었다가 다시 엿바위 나루를 건너 한 오 리쯤 가다 보면 그곳이 바로 백제의 옛 도읍지인 부여이다.

부여! 부여! 우리 역사 가운데 가장 눈물겨운 멸망의 페이지를 장식한 백제의 옛 수도!

한번 발을 들여놓으면 길가에 성긴 이름 모를 풀 포기와 하늘에 떠다니는 무심한 구름까지도 창연한 빛으로 우리를 맞이하는 듯하다. 이에 도착 후 바로 옛 유적을 찾아가는 것도 좋다. 하지만 그것은 잠시 저녁으로 미루고, 우선 여관을 찾아 잠시 쉬는 것이 좋다.

그리고 저녁을 먹은 후 달이 솟아오를 때쯤 부소산(扶蘇山)에 올라 천

고의 한을 머금은 비각(碑閣) 속에 말없이 서 있는 유인원(劉仁願, 백제를 멸망시킨 당나라 장수) 장군 무덤을 둘러보고 사자루(부소산성에서 가장 높은 위치에 자리 잡고 있는 누각)에 오른다.

사자루는 근래에 지어진 것으로 유적이라 일컬을 정도는 아니지만 바로 발밑으로 흐르는 백마강의 푸른 강물을 굽어보며 발길을 두루 옮기기에 알맞은 곳이다. 시취(詩趣, 시적인 정취) 깊은 이가 술잔이나 기울이고 시나 읊으면서 고요히 잠자는 옛 부여 일대를 상상하노라면 형언할 수 없는 깊은 명감(銘感, 마음속 깊이 새김)을 맛볼 수 있다.

달이 밝고, 먼지가 걷혔으며, 주흥(酒興)까지 띠었으니, 밤이야 깊건 말건 오래도록 놀다가 돌아오는 길에 평제탑(平濟塔, 백제 5층 석탑)을 만날 수 있다. 만일 이 탑이 귀가 있어서 사람의 말을 들을 수 있다면 발버둥을 치게 할 정도로 원통한 이름을 듣고 있는 왕흥탑(王興塔, 왕흥사지에 있는 탑)을 잠시 구경하는 것이 좋다. 또 길이 험하기는 하지만 사자루에서 바로 고란사(皐蘭寺, 부소산에 있는 백제 말기의 절)에 들려보는 것역시 좋다.

사흘째 되는 날.

느지막이 일어나 다시 몇 군데 구경할 만한 곳을 둘러본 후 배를 매어두었던 옛바위로 나가서 돛을 고쳐 달고 공주(公州)를 향해 떠난다.

수북정을 돌아보며 약 십 분 정도 가다 보면 오른쪽 강 언덕 산이 다다른 곳에 깎아지른 어마어마한 바위가 오랜 비바람에 시달린 자취로 고색창연하게 서 있으니, 이것이 바로 낙화암(落花巖)이다.

낙화암! 낙화암! 백제의 마지막을 말없이 지켜본 낙화암! 수많은 가인 재자(佳人才子, 재주 있는 남자와 아름다운 여자를 아울러 이르는 말)를 울리는 낙화암! 말 없는 그 앞을 배 역시 무심히 지나간다.

잠시 후 강물은 더욱 맑아지고, 강 언덕의 가늘고 고운 모래는 더욱 희어진다. 역시나 어제처럼 즐겁고 시원하다. 그러다가 날이 저물고, 물새가 강물을 차고 날아들어 지저귈 때쯤이면 공주에 다다른다.

오늘 저녁은 야영이다. 주막에 들어가서 잘 수 없는 것은 아니지만, 여행의 재미는 역시 야영이 아닐까 싶다. 더욱이 주막은 음식이 나쁠뿐더러 뭇 사내들이 끌어들이는 모기와 빈대, 벼룩 역시 적지 않다 보니, 야영만큼 좋은 것이 없다.

우리는 가지고 간 천막을 이용해 강 언덕 양지바른 곳에 자리를 잡았다. 그리고 주막에 가서 나무를 얻어다가 어설픈 솜씨로나마 저녁밥을 지었다. 만일 생선을 살 수 있다면 주막의 주모(酒母)에게 국을 끓여달라고 하는 것도 좋다. 그렇게 만들어진 음식을 여럿이 둘러앉아 먹노라면 조선호텔 정식보다도 몇 곱절은 훨씬 더 낫다.

저녁을 먹고 나면 동쪽 산봉우리에서 달이 희미하게 떠오른다. 그즈음, 우리는 다시 배로 돌아와 그물질을 한다. 하지만 우리 재주로는 아무리 해도 고기를 잡기가 쉽지 않다. 할 수 없이 주막 사람에게 부탁해서 얼마간 잡아달라고 했다.

잠시 후 주모에게 고기를 회를 쳐달라고 해서 배에 오른 우리는 맥주와 함께 그것을 먹었다. 휘영청 뜬 보름달을 우러러보며, 혹은 은빛 물고기가 잠방잠방 뛰노는 물을 굽어보며, 한 잔 두 잔 마시는 술의 맛이란 소동파가 적벽에서 놀던 것에 절대 뒤지지 않았다.

그렇게 해서 마음껏 마시고, 마음껏 놀고, 노래 부르고, 소리치고 난 후 적이 밤이 깊어지면 가지고 간 담요를 덮고 마지막 밤을 새운다. 그리고 다음 날 아침, 어제저녁에 먹고 남은 생선으로, 역시나 주모의 손을 빌려 얼큰하게 국을 끓여 밥을 먹은 후 다시 배를 띄워 올라간다.

역시나 어제 및 그제와 똑같은 하루다. 똑같은 일을 사흘이나 되풀이 하면 싫증이 날 것도 같지만, 실제로 당해보면 그렇지도 않다. 도리어 얼마든지 계속하고 싶어진다.

석양 무렵, 공주 곰나루(熊津)에 도착한다. 거기서 조금만 더 가면 공주 배다리로, 백마강 뱃놀이의 종착지이다. 우리는 이곳에서 배와 작별한 후 여관을 찾아 하룻밤 더 신세를 지기로 했다.

만일 시간이 허락된다면, 다음 날 배다리에서 뱃놀이를 즐기는 것도 좋다. 적잖이 번화한 곳인 만큼 뱃놀이 역시 도회 풍조로 즐길 수 있다.

이것으로 우리의 피서는 모두 끝이 났다. 이에 자동차로 조치원까지 나와서 밤차를 타고 다시 서울로 돌아왔다.

끝으로, 필자의 붓이 서툴러 독자의 마음이 당기도록 재미있게 글을 쓰지 못한 점 송구하게 생각한다. 그러나 누구나 실제로 한 번 다녀오게 되면 그 참맛을 알 게 될 것이다.

-1927년 7월 〈현대평론〉

귀향도중

_채만식

1

총총한(몹시 급하고 바쁜) 귀향길이었다. 아버지가 위급하다는 연락을 받고도 어찌할수 없는 구애(拘碍, 얽매임)로 인해 이틀이나 서울에서 조민(躁悶, 마음이 조급하여 가슴이 답답함)히 충그리고(머물러서 웅크리고 있거나 머뭇거린다는 의미의 방언) 있다가 사흘 만에야 밤 열한 시 목포행 기차에 몸을 실었다.

얼마 전부터 '증세가 심상치 않으니 방심하지 말라'는 서신이 두 차례 있었던 터였다. 그러던 것이, 마침내 며칠 전 '위독즉래(危篤即來, 위독하니 즉시 오라)하라'는 전보가 왔다. 그나마 팔순의 고령이요, 노환이었다. 그러니 전보에는 위독이라고 했지만, 칠분(七分, 십 분의 칠이라는 뜻으로, 어느 정도 상당한 부분을 이르는 말) 일은 이미 각오하고 있던 터였다. 언젠가는 이런 일이 올 것임을 이미 짐작하고 있었다. 그러니 자연 준상제(부모나 조부모가 세상을 떠나서 거상 중에 있는 사람에 준하는 사람)의 심정이요, 일변 마음이 초조하여 꼬박 7년 만의 귀향이라도 달리 감회가 유유하다(한가하고 여유 있는)든가 기쁨이 솟는다든가 할 경황은 없었다.

맨 앞칸에 올랐더니 뜻밖에 좌석이 여유가 있어 아내와 호젓하게 마주보며 한 칸씩 좌석을 차지했다. 누워서 잠을 자면서 갈 수도 있겠거니 하고 생각하니 퍽 다행스러웠다. 그러나 차가 한 정거장 두 정거장 들르는 동안 승객이 점점 불어났다. 결국 우리는 가외(加外, 정해진 기준이나 정도 밖의 일)의 좌석을 내놓아야 했다. 그러던 중 기차가 영등포역에 도착했을 때였다.

국민복(國民服, 온 국민이 입을 수 있도록 간편하고 검소하게 만든 옷) 혹은 그리 좋은 신사복 같지 않아 보이는 '세비로(양복의 윗옷)' 차림을 한 중년 남자 세 명이 기차에 올라타더니, 흡사 아프리카의 백인 경찰처럼 마구 날뛰며 자리에 누워 있는 사람들을 서둘러 일으켜 세웠다.

"여보, 좀 일어나시오!"

"여보, 좀 같이 앉읍시다."

하나같이 협박 조였다. 불응했다가는 두 마디부터는 그냥 을러멜(위협적인 언동으로 을러서 남을 억누름) 기세였다.

내심 무서웠다. 그러나 불행 중 다행히도 우리 내외는 미처 눕지 않았던 덕분에 그들의 위협으로부터 벗어날 수 있었다.

자세히 보니, 그들 뒤에는 트렁크를 하나씩 든 십사오 세 또래의 소녀 네 명이 뒤따르고 있었다. 모두 큰 병이라도 걸린 듯 병색이 짙었고, 금방이라도 쓰러질 듯 힘이 없어 보였다.

소녀들은 영등포의 어떤 방직 공장이나 방적 공장의 여공임이 분명했다. 그런데 저런 행색으로 도대체 어디를 가는 것일까.

'옳거니!'

나는 무심코 고개를 끄덕거렸다.

필시 병이 나서 고향으로 돌아가는 길임이 틀림없었다. 그리고 예의 중년 남자들은 소녀들을 부모에게 데려다주기 위해 공장에서 보낸 사람들일 것이다.

'옳거니!'

나는 다시 한번 짐작됨이 있어서 다시금 고개를 끄덕거렸다.

잠시 후 우리 내외 옆으로 그 소녀들 가운데 두 명이 마주 본 채 앉았다. 나머지 두 소녀는 다른 편 줄에 가서 나란히 앉았다. 언뜻 보기에는 그 둘의 병이 가장 심한 듯했다.

2

나는 남자들이 보지 않는 틈을 타 옆에 앉은 두 아이에게 궁금했던 바를 물었다. 그랬더니, 과연 내가 짐작한 바가 모두 맞았다. 자신들은 영등포 방적 공장에서 일을 했으며, 병이 나서 집으로 돌아가는 길인데, 중년 남자들, 즉 공장의 감독 선생님들이 데려다주는 길이라고 했다.

아내는 두 소녀에게 과일과 먹을거리를 나눠주며 여러 가지 이야기를 나누었다. 나이는 열네 살부터 열여섯까지고, 그중 가장 나이가 많은 소녀는 6개월이나 공장 전속병원에서 치료를 받았지만, 차도가 없어서 고향으로 내려가는 길이라고 했다. 나머지 세 명은 작년 가을에 뽑혀온 견습공으로, 그동안 능률에 따라 25전부터 80전의 일급을 받으며 일했다고 한다.

"25전? 그럼 기숙사 밥값은 얼만데?"

아내가 깜짝 놀라서 되물었다.

"1일 3식인데, 하루 밥값이 15전이에요."

"한 끼에 5전짜리 밥을 먹고 어떻게 일을 하니?"

"밥은 많아요. 반찬도 먹을 만하고요."

소녀 중 한 명이 이렇게 대답하자, 다른 소녀가 덧붙이고 나섰다.

"먹는 건 괜찮아요. 가장 힘든 것은 집에 가고 싶다는 거예요. 그리고 병이라도 나면 정말……"

내 옆에 앉은 아이는 각기(脚氣, 비타민이 부족해서 걸리는 영양실조)라고 하는데, 넷 중에서는 제일 병색이 덜하고 원기가 있어 보였다. 맞은 편 아내 옆에 앉은 아이 역시 겉으로는 대단치 않은 것처럼 보였지만 자세히 보니 넷 중 가장 아파 보였다. 체질이 벌써 선병질(腺病質, 약한 체질)로 눈이 크고, 목이 가늘고 길며, 가슴이 앞으로 오그라진 것이 계속해

118

서 밭은기침(병이나 버릇으로 소리도 크지 아니하고 힘도 그다지 들이지 않으며 자주 하는 기침)을 했다.

나는 그 아이에게, 저녁이면 오한이 나고, 담(통증)이 있으며, 입맛이 없고, 두드러지게 아픈 데는 없는데, 몸이 나른하니 눕고만 싶지 않으냐? 고 물었다. 그랬더니, 어떻게 그렇게 잘 아느냐고 했다.

그런 체질에 그런 증세면 열에 일곱은 결핵이 틀림없었다. 특히 농촌 아이들은 도시 아이들보다 폐의 결핵에 대한 저항력이 매우 약한 법이다. 그러므로 이 소녀 역시 제 고향에서 살았다면 그런 불행한 병에 걸리지 않았을지도 모른다.

이 소녀는 지금 일급을 아껴서 저축한 돈 10원과 두 벌의 인조견 의복, 한 개의 인조 피혁 트렁크, 그리고 얼마간의 도시적인 허영심을 가지고 다시 고향으로 돌아가는 중이다.

남의 친환(親患, 어버이의 병환)에 단지(斷指, 가족의 병이 위중할 때 그 병을 낫게 하려고 손가락을 잘라 피를 내어 먹이는 일)라더니, 어느새 우리 내외는 제 친환은 잊어버린 채 남의 불행에 언제까지고 마음이 어두웠다.

3

수원과 평택을 지나면서부터 다시 좌석이 얼마쯤 성글어졌다(여유가 있어졌다). 이에 고개를 들어 기차 안을 살펴보니, 소녀들의 보호자인 중년 남자 중 둘은 어느 겨를에 제각각 두 사람분의 걸상을 하나씩 차지하고는 편안히 드러누운 채 우렁차게 코를 골고 있었다. 염치없는 사람들 같으니라고! 자신들이 보호해야 할 어린아이들은 좁은 자리에 앉아서 가느라고 가뜩이나 고달파하는데, 자신들은 편하게 다리를 뻗은 채 누워서 잠을 자며 가다니. 참으로 괘씸해 보였다.

그러나 나는 혼자서 그것을 속으로 분개할 객기는 있으면서도 그 인정머리 없고 배짱 두꺼운 '선생님'이자 '보호자'들인 그들을 따잡고(따져서 엄하게 다잡다) 나설만한 만용(蠻勇, 분별없이 함부로 날뛰는 용맹)은 없었다. 그것이 못내 마음을 아프게 했다.

비좁은 좌석에 기름 짜듯이 끼어 앉아 곱다시(그대로 고스란히) 앉은 채 졸다가 깨다가 하는 동안 그럭저럭 대전에 도착했다.

진작부터 갈증이 심해서 마침 차를 한 병 살까 하고 벗어 두었던 양복저고리를 챙겨 입고 플랫폼으로 내려갔다. 그러나 밤이 늦어서 차는 팔지 않고, 대신 '우동'을 팔고 있었다. 이에 도저히 갈증을 참을 수 없어서 우동 국물이라도 좀 마시려고 벌써 노점을 둘러싸고 서 있는 사람들의 뒤에 서서 차례를 기다렸다. 그러는 중에도 사람이 자꾸자꾸 모여들었고, 순식간에 그들에게 둘러싸여 겹겹이 포위되고 말았다.

밀치고, 닥치고, 소리를 지르고, 눈을 부릅뜨고, 웃고, 한 마디로 굉장했다. 이에 심히 민망해서 빠져나오려고 애를 써보았지만 아무도 비켜주는 사람이 없었다. 별도리 없이 그들과 부대끼며 바보처럼 서 있어야 했다. 순간, '인간은 참으로 식물(食物)이로다'라는 생각이 들었다. 이런 농판스런(분위기나 행동거지가 진지하지 못하고 장난기나 농기가 있는) 생각을 하고 서 있는 동안 어떤 얌전치 못한 친구의 '식물'이 되고 있을 줄이야. 결국, 뒤에서 밀치는 대로 밀려들어 가 우동 두 사발을 사서 겨우 갈증을 면했다. 그리고 찻간으로 돌아오면서 귤을 한 꾸러미 사기 위해 양복저고리 주머니에 손을 넣었다. 그런데 이게 웬일인가. 지갑이 간 곳이 없었다.

사실 나는 평생 돈지갑을 가지고 다니지 않았다. 그런데 이번에 아내와 동행하면서 약간의 잔돈과 행구(行具, 여행할 때 쓰는 물건)의 열쇠를 무심코 맡아두고 있었다.

찻간에서 플랫폼으로 내려올 때까지만 해도 분명 주머니 속에 지갑이 들어 있었다. 플랫폼에서 없어졌을 리는 없고, 우동 노점의 그 북새통에 손이 들어온 것이 틀림없었다. 몹시 불쾌했다. 돈이라야 일 원 각수(돈을 '원'이나 '환' 단위로 셀 때, 그 단위 아래 남는 몇 전이나 몇십 전을 이르는 말)의 잔돈일 뿐이니, 대단한 손재수라고 할 것은 없었다. 그보다는 열쇠를 잃어버렸으니, 두 개의 행구가 문제였다.

4

찻간으로 돌아와 아내에게 그 이야기를 했더니 질색을 했다. 아내 역시 나처럼 무엇인지 모르게 불쾌한 기색이었다. 그러면서 왜 그렇게 함부로 건사하느냐며 타박을 했다. 이에 나는 왜 돈지갑을 갖고 와서 이런 일을 당하게 하느냐고 도리어 아내 탓을 했다. 그러자 옆에 있던 두 소녀가 재그르르—하고 웃는 바람에 아내 역시 웃고 말았다.

그런데 잠시 후 우리는 더 큰 문제가 있음을 알게 되었다. 기차가 연산 즈음 왔을 때 차표를 지갑 속에 넣어둔 것을 비로소 알게 된 것이다. 이에 급히 이등실로 여객 차장을 찾아가서 사연을 말했더니, 매우 안 되었다며 이렇게 말했다.

"이 기차가 임피역으로는 가지 않으니, 제가 직접 말해 줄 수는 없습니다. 그러니 임피역에 도착하신 후 역장과 직접 얘기해보는 건 어떨까요?"

그 대응이 퍽 친절했다. 실상 그런 부탁을 하려고 했던 것은 아닌데 저편에서 자진해서 그런 편법을 가르쳐 주니, 일견 고마웠다. 하지만 차표는 다시 사겠다고 말하고 말았다.

시골 기차역의 역장이, 아무리 고향이라고는 하지만 안면도 없는 터에 내 말만 믿고 법규를 어겨가면서까지 무임승차를 눈감아주는 것이 떳떳이 차표를 사느니만 못했기 때문이다.

수원을 지나면서 차표 검사를 한 번 했으니, 수원 이남의 찻삯만 내면 될 터였다. 하지만 고맙게도 여객 차장은 대전에서부터 새로 계산을 해주었다. 그러면서 이후 차표를 찾게 되면 새로 끊은 찻삯은 다시 돌려주겠다며, 주소와 이름까지 적었다.

나는 문득 '스리(소매치기)'가 남의 지갑을 훔친 후 돈 이외의 서류와 같은 제게 필요하지 않은 것은 피해자에게 다시 돌려줬다는 대중소설이 생각났다. 이에 그런 '스리'가 실제로 있다면 한 번쯤 '스리'를 맞는 것도 흥이요, 술이라도 한잔 대접할 법한 노릇이라며 혼자서 실소를 머금었다.

새 차표를 끊어서 다시 자리로 돌아가자, 아내가 기다렸다는 듯 나를 보며 이렇게 말했다.

"아마 액땜을 했나 봐요."

"액땜?"

"아버님 병환 액땜이요. 이제 괜찮으시려나 봐요!"

"……"

나는 피식 웃고 말았다. 하지만 속으로는 귀가 솔깃했다.

강경을 지나자 차창 밖으로 새벽이 차츰 밝아오는 것이 보였다. 그러자 언제 봐도 흐뭇하게 넓은 만경평야가 비로소 제 모습을 드러내기 시작했다. 그만해도 남쪽이라고 연변(沿邊, 강·철도·도로 따위를 끼고 따라가는 언저리 일대)의 보리밭에는 보리 순이 제법 탐스럽게 자라고 있었다.

그러고 보니 소녀들은 중간에서 세 명이 내리고, 이제 한 명만이 우리와 동행하고 있었다. 차창 밖이 밝자 계속해서 밖을 내다보던 소녀는 김제까지 몇 정거장이나 남았냐며 묻고 또 묻기를 마다치 않았다. 마음은 제법 즐거운 모양이었지만 그것이 얼굴에는 나타나지 않았다.

병이 다 나으면 다시 공장으로 갈 것이냐고 물었더니 소녀는 고개를 가로저었다. 이에 나는 "오냐, 잘 생각했다"며, "집에 가서 몸조리나 잘한 후 조금 더 자라거든 시집이나 귀히 가라"고 일렀다. 그러자 소녀는 계집 아이답게 부끄럼은 타면서도 "네~에"하고 짧게 대답했다. 한데 그것이 더 마음을 아프게 했다.

'병이 나으면! 시집을 가고⋯⋯'

나는 속으로 이렇게 몇 번이고 되뇌다가 결국 나도 모르게 혀를 쯧쯧 차고 말았다.

-1941년 5월 15일~5월 18일 〈매일신보〉

산 그림자는 집과 집을 덮고

풀밭에는 이슬 기운이 난다

질동이를 이고 물 긷는 처녀는

걸음걸음 넘치는 물에 귀밑을 적신다.

_ 한용운, 〈산촌의 여름 저녁〉 중에서

어촌점묘(漁村點描)

_**강경애**

내 고향 일우(一隅, 황해도)에 몽금포를 두고도 벼르기만 하고 한 번도 찾지 못하였다가 이번에 귀향하는 틈을 타 겨우 찾게 되었다. 그 이름이 이미 널리 알려진 만큼, 나는 큰 기대와 흥미를 갖고 자동차에 몸을 실었다. 황량하기 그지없는 만주 벌판에서 자연에 퍽 굶주렸던지라, 조선 땅에 걸음을 옮겨놓은 그 순간부터 "과연, 조선의 자연은 아름답다"는 감탄을 무시로 연발하게 되었다.

오랜 매우(梅雨, 매실이 익을 무렵에 내리는 비라는 뜻으로, 해마다 초여름인 유월 상순부터 칠월 상순에 걸쳐 계속되는 장마를 이르는 말)로 인해 도로는 평탄하지 않았지만, 전원으로부터 불어오는 구수한 냄새에 취한 나는 괴로운 것도 미처 생각하지 못했다. 오른쪽으로는 불타산맥(佛陀山脈, 황해도 삼천과 신천 경계에 있는 까치산에서 시작해 용연반도 서쪽 국사봉까지 뻗은 산맥)이 구불구불 흘러서 마치 파도처럼 뛰어

놀고, 왼쪽으로는 찰석산맥(札石山脈)이 높은 듯 낮고, 낮은 듯 높아 사뭇 기이하게 보였다. 그 위에 솜 같은 구름이 떼를 지어 오락가락 한가롭게 놀고 있었다. 이에 문득 다음과 같은 노래가 떠올라 읊어보았다.

청산 위에 구름이요
구름 속에 청산인데
청산이 제 구름을 못 떠나고
구름이 또한 청산을 못 떠나니
만고에 유정함을
사람들에게 보이더라.

보이는 것은 온통 밭이요, 논이다. 조 이삭은 벌써 머리를 다소곳이 숙였고, 벼는 한창 살이 올라 그 잎에 기름 방울을 떨어뜨린 듯 윤기가 자르르 흐른다. 풀밭에 누워서 한 눈만 감고 조는 듯한 황소는 '내가 이 밭과 이 논을 갈아서 이렇게 조와 벼를 키웠다'는 듯 한껏 배를 드러내놓고 있었다. 한데 그것이 믿음직스럽게 보이는 건 왜일까. 그 옆으로 깡충깡충 뛰어 돌아다니며 귀엽게 장난을 치는 송아지는 우리 옆집에 사는 다섯 살 된 길성이 같다.

멀리 산기슭에 농가들이 여기저기 오글오글 모여 앉았고, 그 앞으로는 시냇물이 시원하게 감돌아 내린다. 마을을 싸고 날아다니는 새 무리는 푸른 하늘에서 한껏 자유롭다. 수수밭 위에 흰 구름이 산맥을 짓고, 때 만난 잠자리 떼는 분주하기 그지없다.

나는 이 모든 것을 바라보며 고요한 마음을 가져보았다.

마침, 자동차는 용연(龍淵)을 지난다. 나는 나의 졸작인《인간문제》의 주인공 첫째를 생각하였다.

용연! 머리를 내밀고 바라보니 몇 해 전과는 아주 달라진 듯했다. 아직도 변하지 않고 있는 것은 저 원소(怨沼, 황해도 용연군 원동에 있는 연못)의 푸른 물뿐이었다.

"예나 지금이나 원소의 물은 푸르고 푸르다. 흰 옷감을 보면 물들이고 싶을 만큼."

《인간문제》에서 첫째를 내쫓았던 매춘부(돈을 받고 남자에게 몸을 파는 여자)인 그의 어머니와 불구자인 이 서방은 아직도 그 멸시를 받으며 첫째를 기다리고 있지 않을까.

'있다! 분명히 있다!'

이렇게 속으로 부르짖는 사이에 차는 석교(石橋)를 향해 달아났다. 그리고 홍가리에서 잠시 멈춘 후 다시 달리기 시작했다. 여기서부터는 도로가 제법 평탄했다. 또한 불타산(佛陀山, 황해도 장연에 있는 산)이 평평한 잿등으로 보일 만큼 수림이 하늘을 찌를 듯이 높이 솟아 있었다. 우리는 한참 동안 하늘도 보이지 않는 수림 속으로 기어들어 갔다. 자세히 보니, 수림은 잡목이 전혀 섞이지 않은 송림으로만 이루어져 있었다.

소나무! 만주에서는 찾아볼 수 없는 푸른 솔. 나는 소나무를 보면 항상 머리가 산뜻해지면서 고상한 뭔가를 발견하게 된다. 바늘 끝처럼 예리

한 잎을 하늘을 향해 펼친 채, 줄기는 굽은 듯 다시 올라 파란 많은 역사를 말해주는 듯, 또 그윽한 송진 냄새를 피워 지조 높음을 말해주는 듯하다. 그 사이를 뱅글뱅글 도는 도라지꽃은 해쭉 웃은 후 꼭꼭 숨어버린다.

이제부터는 비탈길이다. 한고비를 넘기면 또 한고비가 막아서고, 이제 마지막이겠거니 하면 또 다른 산이 나타나서 앞을 가린다.

그때 갑자기 우리와 함께 차에 타고 있던 아이가 일어서며 소리쳤다.

"앗, 바다다!"

그와 함께 우리 일행은 모두 앞을 바라보았다. 정말 바다였다. 푸른 바다가 눈앞에 광활하게 펼쳐져 있었다. 순간, 말문이 막혔다. 마음속에 조그만 생각도 숨길 수 없었다. 그저 바다만이 높고 낮을 뿐이었다.

수수밭 사이로 몽금포가 얼씬얼씬 보이기 시작했다. 주인을 따라 나왔는지 조 밭머리에서 개가 두리번거리다가 우리를 보고 짖고는 달아나버렸다. 바다의 색깔이 점점 짙어지고 있었다.

어느덧 우리는 몽금포에 닿았다. 승객들은 뿔뿔이 차에서 내려 각자 제 갈 길을 갔다.

나는 막 잠에서 깨어난 사람처럼 정신이 멍했다. 이에 뭘 해야 할지 아무 생각도 나지 않았다. 겨우 정신을 차린 후 차에서 내려 〈조선일보〉 지국을 찾았다. 그리고 지국장의 안내로 여관을 알아본 후 몽금포 구경에 나섰다.

오후 3시. 강렬하게 내리쬐는 햇볕 탓에 숨이 차고, 온몸엔 땀이 댕글댕글 맺혔다. 나는 흘러내리는 땀을 손으로 연신 훔치며 지국장의 뒤를 따랐다.

"저기 보이는 것이 바로 사산(沙山, 황해도 용연 남쪽 바닷가에 있는 산. 모래가 쌓여서 이루어졌다)입니다."

나는 냇물을 껑충 하고 건너뛰며 사산으로 달려갔다. 그리고 모래를 쥐어도 보고 밟아도 보면서 몇 번이나 거푸 말했다.

"어쩜, 이런 산이 다 있을까요?"

모래에 물을 부어 반죽한 후 예쁘게 송편을 빚고 싶었다.

우리는 발길을 돌렸다. 산을 이룬 모래가 뭐가 부족해서 해변까지 쭉 깔렸을까. 파도에 부딪혀 파스스— 무너지고는 또다시 파스스— 한다. 아마 파도가 그리워 예까지 나왔나 보다.

갑자기 구두와 양말이 귀찮은 생각이 들었다. 이에 둘 다 벗어서 걸머 멘 채 걸었다. 가다가 빙그르르 돌아도 보고, 발끝으로 모래알을 날려도 보는 재미야말로 뭐라 형용할 수 없었다. 인간의 모든 탈을 벗어버린 어리고 귀여운 계집애가 된 듯했다.

그때 갑자기 커다란 파도가 우리 앞을 가로막고 나섰다. 물결은 넘실 넘실 백사장으로 밀려나고 있었다. 나는 얼른 다음과 같은 노래를 읊어 보았다.

내 귀는 바닷가의 조개껍데기
물결치는 그 소리가 그립습니다.

언젠가 신문에서 읽었던 이 노래가 불현듯이 떠오른 것이다. 바다가 이 노래를 불러, 또 불러, 내 귀를 움직이게 한 것이다.

나는 묵묵히 이 노래를 들으며 섬몽금(황해도 몽금포리 서북쪽에 있는 마을)까지 갔다. 그리고 섬몽금 바위 위에 올라섰다. 그러자 온 우주가 벽해(碧海, 짙푸른 바다)로 변한 듯했다.

하늘에 닿은 듯한 저 바다! 맺히고 맺혔던 내 가슴은 결국 바다처럼 탁 터져버렸다. 내 비록 몸은 작지만, 마음이야 바다에 뒤지랴.

멀리 크고 작은 섬들이 꿈같이 어리었고, 몇 척의 어선은 그림인 듯 조용했다. 갈매기 역시 펄펄 날아 물 위에 가볍게 내려앉았다. 날개가 파도에 젖어 무거울 법도 하건만 또다시 까마득하게 높이 뜬다. 필시 갈매기의 따뜻한 그 가슴에 붙은 작은 별에는 물방울이 진주처럼 빛날 터이고, 그 주둥이에는 살찐 물고기가 듬뿍 물렸을 것이다. 망망대해를 맘대로 날아다니며 먹을 것을 찾는 저 갈매기. 먹을 것을 한 가슴 안은 채 어디로 가는 걸까? 너를 부러워 바라보는 어부의 모습이 한심하기 짝이 없구나.

지국장은 조금 전부터 이곳에 사는 어민들의 생활상에 관해서 이야기했다. 나는 그 이야기를 하나하나 귀담아들으며 긴 한숨을 내쉬었다. 그리고 그들이 사는 가난한 지붕을 바라보았다. 호박 몇 개가 듬직하게 달려 있었다. 그러고 보니 여기서 그리 멀지 않은 곳에 독보(獨步, 남이 감히 따를 수 없을 만큼 혼자 앞서감)의 패기를 보여주는 장산곶(長山串)이 돌출해 있었다.

외롭게 떨어져 있는 사산 위의 청송(靑松)은 마치 여인(麗人)이 머리를 풀어헤치고 바다를 향해 서 있는 듯했다. 백사장에는 조수가 들어오면 다시 바다로 나갈 목선들이 군데군데 보이고, 그물을 둘러멘 채 어딘가로 향하는 어부의 모습이 바쁘다.

내가 지금 앉아 있는 바위는 그 길이만 해도 몇십 장은 넉넉해 보인다. 그 아래로는 성난 파도가 큰소리를 치며 달려들고 있다. 하지만 바위는 장부의 기상을 가지고 있는 듯 조금도 까딱하지 않는다. 더욱이 몸에 굴이 기생하여 바위마저 생물인 듯이 보인다.

우리는 다시 섬을 떠나 해수욕장으로 향했다. 백사장에 까맣게 나와 엎드려 있던 개들이 우리의 발소리에 깜짝 놀란 듯 기겁하며 사라졌다. 자세히 살펴보니 백사장에는 게 구멍이 숭숭 나 있었는데, 그리로 게가 나왔다가 들어가곤 했다. 어린애처럼 살금살금 게를 다그쳐보았다. 하지만 게는 이미 구멍 속으로 도망친 뒤였다. 안타깝다는 말은 이럴 때 하는 말인가 보다. 이에 발끝으로 게 구멍을 파면서 걷다 보니, 해초 부스러기와 버려진 그물이 여기저기 흩어져 있었다.

해수욕장은 이미 피서객들로 넘치고 있었다. 그들은 손에 손을 맞잡고 웃고 떠들어댔다. 몸은 해풍에 그을어 이미 새카맣게 타 있었다. 어쩐지 그들 곁으로 지나는 게 부끄러웠다. 이에 머리를 푹 숙인 채 근처에 있는 바위 위에 올랐다.

거기서는 장산곶이 매우 가깝게 보였다. 그리고 바로 건너다보이는 조그만 섬에는 두어 개의 바위가 맞붙어 있는데, 그 사이로 약간의 풀대가 보였다. 섬 앞으로는 피서객들이 고기떼처럼 밀려다니고 있었다. 그들

중 일부는 지쳤는지 백사장에 쭉 돌아앉아 있거나 혹은 누워서 휘파람을 불거나 노래를 부르며 통 움직이려고 하지 않았다. 그들의 얼굴은 영락없이 검게 탄 원숭이 같았다.

통통하게 살찐 여인 하나가 어린애를 데리고 남편인 듯한 남자와 손을 맞잡은 채 춤을 추고 있는 모습이 보였다. 푹 퍼진 엉덩이가 꽤 튼실했다. 아이는 제 어미를 따라 춤은 추지 못하고 그저 그 큰 엉덩이를 따라 깡충깡충 뛸 뿐이었다. 그 모습이 퍽 귀여웠다.

하지만 그것도 잠시. 갑작스러운 해풍에 한기가 느껴졌다. 아침부터 분주하게 움직였던 터라 몹시 피곤했다. 어서 숙소로 돌아가서 쉬고 싶은 마음이 간절했다.

숙소와 해수욕장이 꽤 멀리 떨어져 있기 때문인지 자동차가 수시로 드나들며 사람들을 태워 날랐다. 조금 전까지만 해도 바다에서 혹은 백사장에서 웃고 떠들던 사람들이 옷을 차려입고 아까와는 달리 점잖을 뺀 채 자동차를 기다리는 모습이 매우 이채로웠다.

헛간 하나를 두고 네다섯 가구가 정답게 모여 앉은 이곳은 섬몽금이에서 뚝 떨어진 곳으로 해수욕장 바로 뒤에 위치하고 있었다. 지붕에는 호박 넝쿨과 박 넝쿨이 푸르게 올라 바다를 바라보고, 뜰에는 쑥과 억새가 우거져 푸른 자리가 되어 쭉 깔리었으며, 닭과 돼지가 주둥이를 내민 채 땅을 연신 쑤셔대고 있었다. 그리고 여기저기 굴 껍데기와 조개껍데기가 수북이 쌓여 있었다.

나는 잠시 헛간을 들여다보았다. 고기 잡는 도구가 가득했다. 그 앞 콘크리트로 만든 아궁이에는 가마솥 두 개가 가지런히 걸려 있었는데 멸치를 삶는 것이라고 했다.

때마침 우리 옆으로 여자아이 하나가 바구니를 들고 지나갔다.

나는 아이를 쫓아가서 바구니를 들여다보았다. 담청색의 멸치가 절반쯤 차 있었다. "멸치는 봄에 주로 잡힌다는데, 웬 멸치?"냐고 물으니, 간혹 이렇게 조금씩 잡힌다고 했다. 그러고는 부끄러웠는지 슬금슬금 달아났다. 그 뒷모습을 보니, 옷이 말할 수 없이 남루해 보였다. 가난한 어부의 딸인 듯싶었다. 하지만 그 머리며, 손발의 장대함이란. 나도 모르게 마음이 아파왔다. 그러자 이번에 여기에 온 목적은 저들의 가난한 삶을 탐구하기 위해서라는 부르짖음이 가슴을 뜨겁게 흔들어 놓았다.

오냐, 작가로서의 사명이 뭐냐. 현실을 똑똑히 살피고 해부하여 작품을 통해 이를 일반대중에게 널리 알리는 게 아니던가. 예술이 민중의 생활과 분리된다면 아무런 가치가 없다.

그때 우리가 탈 차가 도착했다. 차는 스르르 하고 백사장 위를 달렸다. 무심히 살펴보니, 벌거벗은 아이들이 해변에 앉아서 게를 잡고 있는 모습이 보였다. 거기서 조금 떨어진 곳에는 흰 물새들이 나란히 앉은 채 뭔가를 열심히 찾고 있었다. 먹을 것을 찾는 듯했다.

어느덧, 차가 별장 앞에 도착했다. 나무로 지은 별장은 무척 깨끗해 보였다. 별장 주위로는 잡풀이 우거져 있었는데, 간혹 짙은 쑥 냄새가 나기도 했다.

우리는 별장을 뒤로 한 채 천천히 걸었다. 길 양옆으로는 온갖 잡곡이 자라고 있었다. 나는 조 이삭을 쥐거나 수수 이삭을 쳐다보며 이번 장마의 수해에 관해서 물어보았다. 아울러 고기잡이만으로도 지쳤을 터인데, 어떻게 농사를 또 이렇게 지었냐며 감탄과 함께 가을에 당할 일을 생각하며 한숨을 푹 쉬었다. 그리고 멀리 섬몽금이를 바라보았다. 그들의 참혹한 생활을 어서 빨리 보고 싶었다. 배 한 척을 갖고 네다섯 가구가 달려 사는 이 빈한한 어촌의 백성들. 그들에게는 저 보기 싫은 목선이나마 얼마나 갖고 싶을 것이며, 그 배를 저 바다에 둥실 띄워 놓고 얼마나 고기를 잡고 싶으랴.

저녁을 먹은 후 우리는 낙조를 보기 위해 바삐 사산으로 향했다. 하지만 우리가 그곳에 올랐을 때는 이미 낙조를 보기 위해 온 사람들로 가득했다.

아직도 해는 수평선과 그 거리가 꽤 멀어 보였다. 다만, 검은 구름이 수평선을 싸고 슬슬 감돌고 있는 게 걱정스러웠다. 어서 검은 구름이 사라지기를 바랐지만 애석하게도 검은 구름이 해를 향해 자꾸만 올라오고 있었다.

우리는 어쩔 줄 몰라 발을 동동 굴렀다. 어떤 이는 화를 버럭 내며 내려가 버리기도 했다. 아니나 다를까, 마침내 구름이 해를 가리고 말았다. 빨간 불덩이가 검은 구름 뒤로 사라지고 만 것이다. 나는 어찌나 화가 나던지 어린애처럼 두 볼이 통통 부어서 돌아서고 말았다. 그리고 애꿎은 모래산만 탕탕 굴렀다.

그러나 나는 거기서도 뭔가를 찾기 위해 눈을 들었다. 저 가난한 어촌을 둘러싸고 구불구불 돌아앉은 수많은 산의 그 푸른 봉우리는 시커먼 구름을 애써 뚫고 흐르는 잔조(殘照, 저녁놀)의 베일을 길게 쓴 채 살아 있는 부처인 양 침묵하고, 그로부터 일어나는 숭고한 산악미는 하늘 끝까지 뻗쳤으며, 산록으로 젖빛 안개가 몽실몽실 떠돌아 흐르다 거기에 아늑하게 앉아 있는 저 어촌에서는 이제야 저녁연기를 풀풀 피우고 있다. 솥에서 생선국이 달랑달랑 끓고 있을 것이다.

나는 다시 돌아섰다. 이제 대부분의 사람이 내려가고 겨우 몇몇만 남아 있을 뿐이었다. 해는 확실히 수평선에 걸렸는데, 시커먼 구름은 여전히 해를 가리고 있었다.

구름을 호령하는 듯 무서운 광선이 온 바다를 움켜쥔 채 고함을 치려는 것 같았다. 그러나 바다는 그 넓은 가슴을 아낌없이 벌린 채 해를 포용하였다. 이에 삼라만상(森羅萬象, 우주 안에 있는 온갖 사물과 현상)은 그들을 위해 머리를 다소곳이 숙였다. 그러자 내가 서 있는 사산은 금모래 산이 되어 죽 달려 내려갔고, 거기에 술잔 같은 웅덩이가 오글오글하였다. 그리고 그 하나하나마다 빨간 물이 찰찰 넘쳐흐르고 그 물에 하늘이 동동 떠돌아가고 있었다. 아마 그 조그만 웅덩이는 지금 하늘을 꿈꾸고 있는 모양인지…… 언덕은 하얗기가 눈과 같아서 십 리에 이어 닿았으며, 해당화는 둥글둥글하게 엎드려 있다.

귀엽다, 저 모양…… 마치 내 아이의 머리털처럼. 그 위로 해풍이 제비처럼 나는 곳에 파도 소리 은은하다.

이제 해는 완전히 수평선 뒤로 넘어가고, 온 우주는 캄캄하기 그지없었다. 나는 그만 돌아서서 걷기 시작했다. 몇몇 사내들이 내 뒤를 따랐다. 그때 갑자기 여자 목소리가 들려왔다.

"어머 언니, 여기는 웬일이에요?"

친구 동생 일신이었다.

"일신이 아니니? 언제 왔니?"

"아침에 친구들과 함께 왔어요. 언니는요?"

일신이가 내 손을 반갑게 잡으며 말했다.

"난 혼자 왔다."

"그런 줄 알았으면 같이 오자고 할 걸."

"감히 거기에 어떻게 끼겠니?"

"에이, 언니도 참."

우리는 함께 사산을 내려와 나무다리를 건넜다. 물속에서 별이 하나둘 빛나고 있었고, 저 멀리 해변에서는 게를 잡는 불이 줄을 지어 나타나고 있었다.

"언니, 우리도 게 사냥 갈까요?"

"아서라, 오늘은 피곤해서 죽겠다."

"아이, 그래도 좀 놀다가 가요. 날도 더운데 벌써 들어가서 뭐해요?"

일신이는 돌아가려는 나를 급히 돌려세웠다. 이에 하는 수 없이 다시 사산 밑으로 와서 앉았다.

"언니, 노래나 하나 불러요. 이렇게 산 좋고 물 좋은 데 와서 그냥 있자니 억울하잖아요."

"그래, 네 말이 맞다. 한데 나는 노래를 잘 모르니, 네가 하려무나."

"에이, 언니도. 어서 한마디……"

하도 조르는 바람에 낮에 들었던 어부의 노래를 아무렇게나 불렀다.

장산곶 마루에 북소리 나더니

소금 배 갈치 배 다 들어온다네.

에헤야 둥둥 내 사랑아

바람새 좋다고 돛 달지 말고요

몽금이 개암포 들렸다 가구려.

에헤야 둥둥 내 사랑아.

"오호호, 여기 노래네요. 그걸 언제 다 배웠어요? 혹시 뱃사공이라도 사귄 건 아니에요? 호호호."

"그래, 뱃사공을 사귀어서 배웠다."

나는 이렇게 대답하면서도 내심 그들과 사귀어서 이런 노래라도 친히 듣고 싶었다.

시간이 흐를수록 게 잡는 불은 점점 그 수가 늘어갔다. 마치 도시의 야경을 들여다보는 듯했다. 그러자 갑자기 서울 시내가 떠올랐다.

우리는 무심히 모래를 팽개치며 되는대로 노래를 불렀다.

별도 별도 밝고

게불도 밝은데

이 모래로 떡을 빚어

너도나도 먹자꾸나.

　우리는 꽤 오랜 시간 동안 그 자리에 머물다 여관으로 돌아왔다. 그리고 여관을 옮겨 그녀와 함께 지내기로 했다.

　피곤이 몰려왔다. 하지만 웬일인지 불을 끄고 누우니, 잠이 싹 달아나 버리고 말았다. 내일은 반드시 섬몽금이에 사는 어민들의 집을 찾아보리라.

　나는 다시 눈을 꼭 감았다.

-1935년 9월 1일~5일 〈조선중앙일보〉

신선한공기는

명랑하게 뛰뛰고 있다

가만히 서서 그 단순함을 응시하고 있으면

태고의 내음이 퍼져온다

원시의 내음이 떠돌아온다

그렇다, 여기는

아담과 이브의 세계란다.

_이효석, 〈겨울 숲〉 중에서

처녀 해변의 결혼

_이효석

인천이나 송도원, 주을(朱乙, 함경북도 경성 남쪽에 있는 읍. 온천으로 유명하다) 산협(山峽, 산속 골짜기)에도 이야기는 많다. 하지만 누군가는 반드시 그곳의 이야기를 쓸법하기에 비교적 알려지지 않은, 그러나 내게는 친숙하기 그지없는 독진해변(獨津海邊, 함경북도 독진에 있는 해변. 한반도 최북단의 동해 바다가 한 눈에 펼쳐지는 곳으로 유명함) 이야기를 쓰는 것이 적당하리라.

독진해변은 내게 있어 단순한 피서지가 아니다. 그도 그럴 것이 봄, 가을은 물론 겨울에도 마음만 먹으면 쉽게 찾아갈 수 있을 만큼 정이 든 곳이기 때문이다—사실 바다에 대한 나의 모든 감정과 생각은 이곳에서 태어나고 자라났다고 해도 과언은 아니다.

내게 있어 독진해변은 번잡하고 화려하지는 않지만 맑고 조촐한 그래서 더 값진 순결한 처녀지와도 같은 곳이다.

장개 고개 너머 아늑한 모래밭에는 제철이면 해수욕을 즐기려는 사람들이 물개 떼처럼 지천으로 몰려와 와글와글 들끓는다. 그러나 고개 반대쪽으로 다르다. 맑은 모래가 5리에 걸쳐 있는 그곳은 해 질 무렵이면, 자디잔 새우 무리가 뛰어 올라올 뿐, 사람의 발자취라곤 찾아볼 수 없다.

내가 즐겨 찾는 곳은 물론 그곳이다. 손수 만든 밤샌드위치(학교 농장에는 밤이 흔했다)와 식지 않는 물통에 넣은 뜨거운 커피는 날마다 먹어도 결코 싫증이 나지 않았다. 그것만 있으면 해변의 하루는 언제나 즐거웠다. 더욱이 그곳에는 입맛을 돋우는 해초가 가득했다. 또 포구에서 들려오는 뱃소리가 심장의 장단을 맞춰주고, 기선(증기기관의 동력으로 움직이는 배)의 기적이 꿈을 빚어준다. 이에 타고르(인도 시인)처럼 종이배를 만들어 그 속에 이름을 적은 후 어디론가 띄워 보내고 싶은 생각도 들곤 했다.

중요한 것은 그곳에서는 다른 해수욕장처럼 귀찮게 수영복을 입을 필요가 없다는 것이었다. 이에 실오라기 하나 걸치지 않고 유유자적하게 백사장을 거닐 수 있을 뿐만 아니라 즐겁게 수영을 즐기면서 무료하지 않게 시간을 보낼 수 있다.

나는 원시적 자태로 처녀 해변에서 매일 태양과 바다와 더불어 결혼식을 올렸다— 태양은 전신을 빈틈없이 쪼여주고, 바다 또한 전신을 속속들이 안아주었다. 그런 까닭에 태양도, 바다도 나의 육체의 비밀을 샅샅이 알고 있다. 그렇다고 해서 부끄러울 건 전혀 없다. 태양과 결혼할 때면 온순한 신부요, 바다와 결혼할 때면 멋진 신랑이기 때문이다.

하지만 이는 당치도 않은 말일지도 모른다. 바다와 결혼할 때도 나는 역시 한 사람의 연약한 신부에 지나지 않기 때문이다. 그런데도 나는 날마다 결혼하는 재미로 그 처녀 해변을 무한히 사랑하였다.

-1936년 9월 (여성)

주을의 지협

_이효석

똑바로 바라보기 어려운 성모(聖母)의 옷자락 같은 푸른 하늘에 물고기 비늘처럼 뿌려진 조각구름 떼—혹은 바닷가 모래밭에 널린 조개껍데기를 그대로 거꾸로 비춰낸 듯한 하늘 바다의 조각구름 떼—세상에서 가장 아름다운 것을 찾을 때 서슴지 않고 그것을 들 수 있는 그 아름다운 구름 떼가—한때라도 마음속에서 잊힌 일이 있던가. 고달픈 마음을 풍선처럼 가볍게 해주는 것이 그 구름이거늘.

가벼운 바람에도 민첩하게 파르르 나부끼는 사시나무 수풀— 밤하늘에 떨리는 별의 무리보다도 지천으로 흩어져 골짜기 여울물처럼 쉴 새 없이 노래하는—자연의 악보 속에서 가장 아름다운 곡만을 골라낸 그 조촐한 나뭇잎— 그 아름다운 음악이 잠시라도 마음속을 떠난 적이 있던가. 피곤한 마음을 채워주는 것은 그 음악인 것을.

살결보다도 희고, 백지보다도 근심 없는 자작나무의 몸결—밝은 이지를 갖고 있으면서도 결코 불안을 주지 않는 맑고 높고 외로운 성격—그러므로 벌판과 야산에 사는 법 없이 심산과 지협에만 돋아나는 고결한 자작나무의 모양이—그 어느 때 마음의 눈앞에서 사라진 적이 있던가.

때 묻은 지혜와 걱정을 잊게 해주는 그 신령들이, 지친 마음에 항상 생각하고 바라는 것은 그리운 지협의 조각구름과 사시나무와 자작나무. 산문에 시달려 노래를 잊은 마음을 비춰주는 것은 그 거룩한 풍물이다. 쇠잔한 건강에 어간유(魚肝油, 상어 · 대구 · 명태 · 연어 따위의 신선한 간에서 얻은 기름)를 마시다가도 문득 코를 스치는 물고기 냄새에 풀려 나오는 생각은 개울과 나무와 지협의 그림이다.

마음을 살릴 것은 거리도 아니오, 도서관도 아니오, 호텔도 아니오, 일등선실도 아니오, 여객기도 아니오, 어간유도 아니오, 지협의 어간유일 뿐— 시내와 구름과 나무와 그것을 생각할 때만 나의 마음은 뛰고 빛이 난다. 구름을 꿈꾸고 나뭇잎 노래를 들을 때만 마음은 날개를 펴고 한결같이 훨훨 날아난다. 날아난다.

-숭실 소재 졸시(拙詩) 〈지협〉에서

지난해 한여름을 거리에서 지내면서 피서를 가지 못한 한을 한 편의 시 〈지협〉으로 때웠다.

지협의 풍경을 말하고 사모할 때 나는 항상 주을(朱乙) 지협(地峽, 두 개의 육지를 연결하는 좁고 잘록한 땅)의 그것을 마음속에 떠올리곤 한다. 시의 성불성(成不成, 일이 되고 안 됨)에 대해서는 잘 모른다. 하지만 그 상념만은 매우 간절하기 그지없다. 그렇듯 그곳의 풍물은 나의 마음을 끈다.

피서지찬(避暑地讚)을 쓰려고 할 때 가장 먼저 떠오른 곳 역시 그곳이었다.

바다로 말하자면 송도원(松濤園, 함경남도 원산에 있는 해안 휴양지)이 으뜸이오, 송도가 빼어나며, 용현(龍峴)이 맑고, 그다지 이름은 나지 않았지만 독진해변(獨津海邊) 역시 결코 그에 뒤지지 않는다.

해변은 활달해서 시원스럽기는 하지만, 바닷물이 산협의 개울만큼 깨끗할 수는 없다. 주위로 말하더라도 넓고 헤벌어진(어울리지 않게 넓은) 바다보다는 아늑하고 감감한 산속이 고비 고비에 신비함을 감추고 있어서 잔맛이 있다.

늘 푸른 한 그루의 황양목(회양목과에 딸린 늘푸른좀나무)이 새삼스럽게 눈을 끈다. 버드나무 가지 끝이 푸른 물을 머금었음이 확실하고, 먼 과수원의 자줏빛이 한층 더 짙어졌음이 분명하다. 집안의 봄은 새달 잡지의 지나치게 민첩한 시절의 사진으로부터 오고, 거리의 봄은 화초 가지와 과일가게에서 재빨리 느낄 수 있다. 그러나 이제 눈에 띄는 모든 것에서 봄의 기색을 살필 수 있게 되었다. 화초가게 유리창 안을 장식하고 있는 시네라리아, 프리뮬러, 시크라멘, 프리지어 등 아름다운 색채의 화분은 벌써 창밖에 내놓아도 좋을 법하며, 과일가게를 빛나게 하는 감귤류의 향기와 수입 바나나의 설익은 푸른빛처럼 봄의 맛을 느끼게 하는 것도 드물다. 다가오는 봄은 붙들 수 없는 힘이며, 막을 수 없는 흐름이다.

늘 오는 봄, 올 때 되면 꼭 오는 봄, 그까짓 것 오건 말건 하던 생각은 사라지고, 봄이 점점 절실히 기다려지게 되는 것은 무슨 까닭일까. 얼른 봄이 짙어 풀이 나고, 꽃이 피고, 나무가 우거지고, 그 속에서 새가 모이고, 나비가 날고, 벌레가 울었으면 하는 바람이 나날이 해가 갈수록 늘어갈 뿐이다. 자연의 좋음이 진실로 뼈에 사무는 까닭이 아닌가 싶다. 너무도 흔하고 당연하기 때문에 무관심하게 지내던 것이 차차 그 아름다움을 철저하게 깨닫게 된 까닭인 듯싶다.

다시 생각해봐도 자연처럼 아름다운 것은 없다. 이를 부드럽고 슬픈 언어를 통해 은유적으로 들려주는 것이 시인이라면, 셸리(Percy Bysshe Shelley, 영국의 가장 유명한 낭만파 시인)의 시는 과연 무엇을 의미한단 말인가.

-1937년 8월 〈조광〉

전원교향악의 밤

_이효석

여행을 떠난 지도 벌써 일주일이 되었다.

낡은 하숙집 이층 방에서 그믐을 보내며 정초를 맞는다는 게 그다지 서글플 것도 없었다. 달력의 음양(陰陽)을 물을 것도 없이, 제야(除夜, 섣 달 그믐날 밤)라는 이유만으로 특별한 정서를 자아내지 못하기 때문이 다. 친구를 만나고, 책을 읽는 밤이 하필 제야가 아니고 다른 밤이어도 좋 은 것이며, 가정의 화목과 이웃과의 사귐 역시 제야가 아닌 그 어느 밤이 라도 좋은 것이다. 그러니 제야를 객지에서 맞고, 쓸쓸한 방에서 홀로 책 을 읽는다는 것이 꼭 서글픈 일은 아니다. 다만, 맞은편 호텔과 비교하면 너무도 쓸쓸하고 한산한 것이 한이라면 한일까. 주인 노파가 아무리 공 들여서 방 안에 숯불을 넣어 주고, 청소를 해주며, 목욕물을 데워준다고 한들 얇은 벽과 단 하나밖에 없는 창을 가진 방이 호텔 방처럼 푸근하고 윤택 있을 리는 없기 때문이다. 더욱이 이웃 방에 사는 사람들이 뭘 하며 살아가는지도 모를 뿐만 아니라 아래층 구석방에 사는 갓 출산한 여자의 남편이 누구인지도 모른다.

그런 서먹서먹함이 하숙집을 온통 감싸고 있다. 그러니 사람들 사이에 전해지는 따뜻함이라곤 전혀 느낄 수 없다.

만나는 친구도 없고, 찾아올 사람도 거의 없다 보니, 나는 밤늦도록 책을 들었다.

화로에 숯불이 튀고, 이불 속에 넣은 더운 물통이 몸을 녹여주었다.

〈이녹 아든(영국의 시인 앨프레드 테니슨이 쓴 서사시)〉을 읽고《전원교향악(프랑스 출신 소설가 앙드레 지드의 대표작)》을 읽었다.

〈이녹 아든〉— 충분히 있을 법한 이야기요, 영원한 주제이건만, 서사시의 번역처럼 김빠지고 향기 없는 음식도 없는 듯하다. 신기한 환영(幻影, 눈앞에 없는 것이 있는 것처럼 보이는 것)이 끝까지 펼쳐지지 않기 때문이다. 이에 거듭 읽기에는 조금 부담스러운 면이 있었다.

그에 비하면,《전원교향악》은 향기로운 술이었다.

과실을 한 입 한 입 베어 먹을 때의 흥분과 긴장으로 한 줄 한 줄을 훑어 내려갔다. 침착한 착상과 완벽한 문장 그 자체였다. 임의의 어떤 구절을 뜯어보던 그것은 늘 최후의 것이요, 최상의 것이었다. 흠집 없는 구슬이라고나 할까.

제르트뤼드는 한 음악회에서 베토벤의 교향악을 듣고 지금까지 볼 수 없었던 세상의 아름다움에 반한다. 이에 자신을 보살펴주던 목사를 향해 묻는다.

"목사님, 세상은 정말 그렇게 아름다운가요?"

하지만 목사는 똑바로 대답할 수 없었다.

"목사님, 더는 속이지 말고 똑바로 말씀해주세요. ...... 저 예뻐요?"

그녀는 평소 좋아하고 흠모했던 목사를 향해 마지막 질문을 던졌다. 반드시 그것을 물어봐야 할 것 같았다. 그의 진심을 알고 싶었기 때문이다.

"그걸 알아서 뭐하게?"

"마음에 걸려서요. 그리고 꼭 알고 싶어요. 또 이런 걸 물어볼 사람이 목사님 말고는 없잖아요."

"제르트뤼드, 넌 매우 아름다워."

목사는 기어코 거기까지 말하고 말았다.

뭘 가지면 이렇게 아름다운 구절과 바꿀 수 있을까. 별보다도 아름다운 이런 구절이 지드의 소설 속에는 곳곳에 흩어져 있다.

아깝다! 귀하다! 문학이여, 인류와 함께 영원히 영화롭고 빛나라!

밤이 깊어가는 줄도 모르고, 나는 이야기 속에 골몰히 잠겨 들어갔다. 구절구절이 방울방울의 피가 되어 나의 몸을 채워 갔다.

좋은 소설 앞에서는 한산한 방의 탄식도 서글픈 제야의 감정도 자취 없이 사라지고 만다. 신경의 유쾌한 흥분과 마음의 도취(陶醉, 어떠한 것에 마음이 쏠려 취하다시피 됨)가 있을 뿐이다.

날이 밝자, 나는 찻집으로 달려가 베토벤의 제6심포니를 여러 차례 들었다. 그러나 간밤에 지드의 소설에서 맛본 감동은 끝내 느낄 수 없었다. 그만큼 소설에서 받은 감동은 컸다.

제야의 교향악— 그것은 내게 있어 더 이상 음악이 아닌 음악 이상의 아름다움을 주었다.

-1936년 12월 〈여성〉

소하일기

_이효석

○월 ○일

10시쯤 일어나 사랑문을 여니, 손님도 잠이 깬 지 오래인지 그제야 침대에서 일어난다. 얼핏 보니, 피곤이 덜 풀린 듯하다. 그도 그럴 것이 새벽 세 시가 넘어서야 돌아왔기 때문이다— 요 며칠 동안 계속해서 이런 행동이 반복되었다. 따라서 그의 아침은 오전 10시를 기점으로 시작되었다.

Y는 서울에서 온 손님으로, 며칠 동안 그의 말벗이 되기 위해 나와 K, C가 함께 어울리게 되었다. 그러던 중 어제 박물관을 찾았다. 하지만 월요일이어서 휴관. 아쉬운 마음에 그 길로 뱃놀이를 떠나 한밤이 되어서야 돌아왔고, 거기서 또 몇 집을 돌아다니다 보니, 어느덧 새벽 세시가 되었다. 이에 부랴부랴 서둘러 돌아오다 그만 소낙비를 만나 아래통을 그만 흠뻑 적시고 말았다. 그래서인지 오늘은 한결 더 피곤했다. 길을 떠나면

별로 하는 일 없이도 쉽게 피곤해지는 법이다. 자유롭게 쉴 시간이 거의 없기 때문이다.

이날은 좀 늦게까지 손님에게 쉴 시간을 주려고 했다. 하지만 그것도 이내 허사가 되고 말았다. 아침 식사를 마치자마자 K와 C가 박물관에 가자며 찾아왔기 때문이다. 결국 우리는 차를 마시기가 바쁘게 다시 한패가 되어 집을 나섰다.

K와 C는 각자 집을 떠난 몸으로, 남는 것이라곤 시간밖에 없었다. 나 역시 여름휴가 기간이어서 퍽 한가롭긴 했다. 그러나 놀면서도 마음은 항상 불안했다. 무거운 뭔가가 마음을 조여왔기 때문이다. 유유자적할만한 넉넉한 마음의 수양이 필요하다는 걸 알면서도 그것을 실천하기가 매우 힘들었다.

사실인즉, 휴가 동안 Y와 함께 만주 쪽으로 여행을 가기로 했었다. 하지만 Y에게 그만 사정이 생겨 연기를 해야만 했다. 이에 그 대신 Y가 이곳으로 며칠 동안 놀러온 것이다.

계획이 어그러져 버리니, 방심이 되면서 일이 영 손에 잡히지 않았다. 한동안 할 일 없이 지내는 것도 유유자적의 수양이건만 마음이 편치 못함은 어쩔 수 없었다.

이곳에 온 지 4년이 되었건만, 박물관 구경은 이번이 처음이었다.

낙랑과 고구려 시대의 유물, 유적, 고분 등을 보는 동안 찬란한 환상이 솟으면서 갖가지 의욕을 느꼈다. 낙랑의 문화는 결국 한인(漢人, 중국 한족)의 소산이었던 듯싶다. 고구려의 유물은 낙랑의 그것에 비하면 기품과 성격이 훨씬 더 거칠고 굳건했다. 생각건대, 여기서부터 우리 선조의 독창이 시작되지 않았을까 싶었다.

어떻든 이 두 시대에 살았던 사람들의 업적은 놀랍기 그지없다. 회화 등에 나타난 품격으로 보면 로마 초기 문화와 비교해도 전혀 손색이 없었기 때문이다. 색상자의 색과 모양이며, 고분의 벽화는 그 색채의 전아함과 의장의 탁월함이 하나의 경이(놀라움) 그 자체였다. 이런 유물을 볼 때면 이 땅에 태어난 것이 자랑스럽다는 Y의 말이 결코 허튼소리가 아님을 절실하게 느낄 수 있다.

박물관을 나온 우리는 고금(古今, 예전과 지금을 아울러 이르는 말)의 문화에 관해서 이야기를 나누다가, 또 대낮부터 술타령을 시작하였다. 술을 구해서가 아니라 그렇게밖에는 시간을 보내는 방법이 없었기 때문이다.

이집 저집으로 자리를 바꾼 것만도 서너 번. 그다지 신기한 것도, 특별할 것도 없음에도 몇 번씩 자리를 옮겼다. 그러고 보면 자리를 옮기는 것 역시 하나의 버릇이 아닌가 싶다.

그런가 하면, 나이가 들어감에 따라 술집에 드나드는 것에도 점점 흥미가 없어져 간다. 이를 망발이라고 생각하는 사람도 있을 것이다. 하지만 이제 좀처럼 흥미를 끄는 여자도 없다. 이것이 바로 나이 듦의 변화가 아니고 뭐겠는가. 슬픈 일인지, 반가운 일인지는 알 수 없지만.

그래도 이럭저럭 객담을 건네는 동안 밤이 깊어 거리에 나왔을 때는 새벽 두 시가 넘어 있었다. 서둘러 돌아가기 위해 Y의 손을 붙잡아 끌었다. 하지만 K가 Y를 붙잡고 좀체 놓아주지 않았다. 결국, Y는 또다시 K의 집으로 가게 되었다. C와도 헤어지고, 혼자 걷는 길이 무척 피곤하고 헛 헛했다(뭔가 채워지지 않고 허전한 느낌).

○월 ○일

Y를 기쁘게 할 일이 생겼다.

시골에서 온 한 문학부인이 친구를 찾아왔던 길에 Y의 소식을 듣고 이 야기를 나누고 싶어 한다는 소식을 아내가 전해준 것이다.

급히 Y를 데려와야 했다. 이에 점심쯤 되어 K의 집을 찾았다. 하지만 Y 는 그곳에 없었다.

K에 의하면, Y는 아침 8시 차로 떠났다고 했다. K가 전해준 명함에는—암만해도 오늘은 귀경해야겠고, 이렇게밖에는 형들의 호의를 물리칠 수 없으므로—라는 짧은 글이 쓰여 있었다. 오늘 저녁 양덕온천에 함께 가 자는 언약도 있었는데—

여중(旅中, 여행 중)인지라 집이 퍽 궁금했던 모양이다. 나로 보면 섭 섭한 일이요, Y로 보면 안타깝게도 문학부인과의 이야기를 나눌 수 있 는 좋은 기회를 놓친 것이었다. 그 득실은 두고 봐야겠지만 하루의 흥분 을 물리쳐 버린 것이, Y가 나중에 들으면 아마도 통분할 일임이 틀림없 었다.

집으로 갔다가 다시 피서지로 떠나 소설을 쓰겠다는 것이 Y의 계획이 었다. 더위를 무릅쓰고 소설을 써야 한다는 것—거기에는 무슨 사정이 있는 듯했다. 연(年) 전만 해도 소설을 쓰느니, 뭐니 하던 말이 귀에 거슬리더니, 요즘에 와서는 그 뜻이 적잖이 달라졌기 때문이다. 그도 그럴 것이 문학이 뭇시선의 대상이 되고 인식이 달라지자 건설의 뜻이 새로 덧붙여졌다. 이에 따라, 문학을 안이하게 생각할 수 없게 되었을 뿐만 아니라 어렵고 준엄한 것으로 고쳐 생각하지 않으면 외부로부터 조소를 당할 수도 있게 되었다. 바야흐로 문학의 수양은 본격의 대도를 내닫게 된 것이다. 이때 소설을 쓰느니, 창작하느니 한다는 말이 비로소 격에 맞고 품에 어울려 들리며 소홀하지 않은 뜻을 그 속에서 기를 수 있다. 대작을 쓴다는 말이 아니라 걸작을 쓴다는 말이요, 그 일편(一片)으로서 문학 전체를 대표할만한 역량 있는 것이라야 한다. 이에 따라, 문학의 길은 매우 어려운 것이 된 반면, 문학인이 된 보람을 느끼게 되었다. 좁은 우물 속의 문학이 넓은 외계의 조명을 받게 된 까닭이다.

K를 찾아왔던 C 역시 Y를 놓쳐서 헛걸음을 하고 말았다. 할 수 없이 우리 세 사람은 다방으로 향했다. 더울 때는 집에 있기도, 거리에 나가기도 곤란했다. 이에 집에 모이면 발걸음이 자연스럽게 밖으로 향했다.

우리는 간단히 점심을 먹은 후 K는 실망해서 집안일을 보러 들어가고, C와 나는 영화관을 찾았다. 알리바바의 옛이야기와 근대적인 이야기를 혼합한 에디 캔터(미국의 가수 겸 코미디언)의 희극이 생각보다 재미가 없었다.

영화관을 나와 K 식당에서 저녁을 먹고 나니 날이 어두워지면서 금방이라도 소낙비가 쏟아질 것만 같았다. 아니나 다를까 전차로 두어 정류

장 지나는 동안 비가 퍼부었다. 하는 수 없이 중간에 내려 H 백화점 식당에 올라가 비를 피하였다. 한데, 그 비가 인연이 되어 거기서 의외의 인물을 만날 줄이야. 아침부터 시작된 실의의 봉창을 거기서 대라는 계시였던 듯도 하다. C와 함께 그곳을 나와 결국 하루 저녁 무료한 그들의 말벗을 해주었다.

○월 ○일

연일 계속된 술타령에 몸이 말할 수 없이 피곤했다. 하지만 K와 C의 멀쩡한 기력에는 한 수 접을 수밖에 없을 것 같다. 정오가 넘어 두 사람이 나를 찾아왔다. 그들을 대하면 피곤도 온데간데없이 사라지고 만다.

우리는 함께 강으로 나갔다. 그러고 보니 두 사람에게는 강에 나가는 것이 일과 중 하나였다. Y가 다녀간 까닭에 잠시 끊겼던 것일 뿐. 이제 그 일과가 다시 시작되매, 나 역시 한 몫 끼게 된 셈이다. 사실 소하법(銷夏法, 여름을 나는 법)으로는 이만 한 것이 없다. 하루 만에 나 역시 그 참맛을 완전히 알게 되었으니 말이다.

우리는 단골 가게에서 시원한 맥주 반 타(半打, 6병)와 통조림 등을 산 후 단골 뱃집에서 3인승 보트를 빌렸다. 그리고 앞 강을 건너 반월도 옆 여울로 배를 끌어올려 뒷 강에 이르니 반날 동안의 납량터(納凉—, 여름에 더위를 피해 시원한 느낌을 주는 곳)가 되기에 충분했다. 앞 강과는 달리, 물이 맑고 얕은 데다가 바닥에는 흰 모래가 잔뜩 깔린 것이 호젓한 수영장이 따로 없었다.

우리는 방향도, 목적도 없이 물의 흐름에 보트를 맡겼다. 그것만으로도 흐뭇하고 충분했다.

물은 왜 그리 흔하고 즐거운 것일까. 아마 여름의 혜택으로는 물이 으뜸일 것이다. 이 풍부한 쾌미(快美, 마음이 시원하고 아름다움)가 주는 자유를 생각하면 신기하기 그지없다. 한평생을 살면서 이렇게 흡족한 다른 무엇을 또 차지할 수 있을까. 아무리 생각해도 이것은 과분한 혜택인 듯하다.

머리만 물 위에 내놓은 채 수평선을 바라보면 수목(樹木)이 만드는 선과 구름, 그리고 물—이것뿐이다. 지저분한 협잡물(挾雜物, 부정한 것이 섞이어 깨끗하지 아니한 물건) 속에서 선택된 이 깨끗한 재료가 한계에 꽉 차면서 선열한 느낌이 전신에 흐른다. 구름과 수목과 물은 좋은 것, 지성을 동심으로 환원시키는 것, 이런 자연을 대할 때마다 감탄 밖에는 더 응대할 방법이 없다. 부질없이 감탄만 하는 것이 감상주의 같지만, 이 감탄의 동심을 잃어버렸을 때의 비참함을 생각해보라. 그러니 평생을 감탄으로 지낼 수 있는 인생은 두말없이 행복한 것이리라. 따라서 야박한 마음속에 지혜를 감추고 한 줌의 감탄조차 잃어버리는 것이야말로 위험하고 불행한 일이다.

우리는 강을 헤엄쳐 건너 언덕 위 마을에 이르러 풋옥수수와 감자를 바구니에 가득 사 가지고 돌아왔다. 그러나 전원의 향기만 만끽했을 뿐, 배 안에서는 그것을 익힐 방법이 없었다. 할 수 없이 해가 그늘에 있을 때 병 속의 여향(餘香, 남아 있는 향기)을 정복한 후 배를 끌고 다시 강을 올라갔다.

올해 들어 겨우 수영을 터득해 그 실력이 10m 거리에 이르게 된 것도 유쾌한 일 중 하나였다— 강물이 더는 무서워 보이지 않는 것도 실상은 이 때문이었는지 모른다.

한가할 때의 화제로는 《데카메론》이나 《캔터베리테일》만한 것이 없다. 이 두 편의 고대 문학은 인간의 본성에 대해서 날카롭게 분석한 것으로, 출간 당시는 물론 지금도 많은 사람으로부터 크게 회자되고 있다. 그러나 나는 이날 한 귀로 듣고 다른 귀로 흘리고 말았다. 일감을 갖고 나갔기 때문이다. 몇백 페이지에 이르는 원고를 며칠 동안 틈틈이 봤지만 쉽사리 끝나지 않아 하는 수 없이 거기까지 가지고 나간 것이다. 그런 점에서 교정(校正, 교정쇄와 원고를 대조하여 오자, 오식, 배열, 색 따위를 바르게 고침)처럼 급하고 재미없는 일도 없다. 물이 튀어 군데군데 붉은 상처를 남긴 재교 고(稿)를 가지고 집에 돌아오니, 7시가 조금 넘어 있었다.

○월 ○일

오늘도 두 사람이 나를 찾아왔다. 그러나 점심을 아직 먹지 않았다며 먼저 나갔다. 나는 30분쯤 있다가 차를 타고 단골 보트가게로 갔다. 그곳에서 한참을 기다렸지만 두 사람은 나타나지 않았다.

무슨 일인가? 하고 의아해할 즈음, 그러니까 거의 한 시간이 지나서야 두 사람이 나타났는데, 웬 매생이(노로 젓는 작은 배)같이 생긴 것을 타고 있었다. 거리에서 우연히 만난 친구에게 빌렸다는 것이었다. 그렇지 않아도 얼마 전부터 보트 사냥에 싫증을 느끼고 있던 터였다. 해서 한 번쯤 매생이 놀음을 하고 싶었다. 그런데 두 사람이 그것을 눈 깜짝할 사이에 구해온 것이다.

배 위에는 이미 고기를 잡은 후 어죽을 끓일 수 있는 도구가 준비되어 있었다. 한 가지 빠진 것이 있다면, 가장 중요한 닭이 없다는 것이었다. 어죽은 물고기로 쑤는 것이 아니라 닭고기로 쑤는 것, 그러니 닭이 없는 어죽은 있을 수 없다.

잠시 후 강을 저어 올라가다가 우연히 보트를 탄 B를 만나 네 사람이 한패가 되어 닭 사냥에 나섰다. 하지만 어디에서도 닭을 쉽게 구할 수 없었다. 그러던 중 뱃사람 하나가 우리를 불쌍하게 여겼던지 장에서 구해온 닭과 술, 조미료를 조금 나눠주었다. 만일 그를 만나지 못했더라면 이 날 천렵은 꿈도 꾸지 못했을 것이다.

반월도 기슭에 터를 잡았을 때는 이미 해가 저문 뒤였다. 강의 습속은 그렇게 유유하고, 무신경하며, 한가로운 것이다. 낮의 천렵이 밤에 이르러도 좋은 것이며, 닭 한 마리를 구하기 위해 몇 시간을 보내도 괜찮다. 시간의 관념이 거리와는 완전히 뒤바뀌어 조바심을 일으키지 않기 때문이다. 거기에 강의 수양(修養)이 있는 것이요, 그 맛에 강을 찾는 것인지도 모른다.

천렵은 일종의 분업이다. 따라서 쌀을 이는 사람, 불을 때는 사람, 재료를 준비하는 사람 등 각자 해야 할 일이 있다. 그중 가장 힘든 일은 살아 있는 닭을 잡는 것이다. 오늘 그 일을 맡은 것은 K였다. 이에 그는 죽을힘을 다해가며, 그것도 S의 조력을 받아 겨우 닭을 잡는 데 성공했다.

그나마 요리 솜씨가 뛰어난 C와 S 덕분에 죽은 진미(珍味, 빼어난 맛)였다. 이는 아전인수가 아니요, 분풀이는 더더욱 아니다. 장경관의 어죽보다도 곱절은 더 훌륭했다. 소주와 풋고추— 어죽에는 이것이 들어가야 제격이다—가 들어가니 얼큰한 것이, 뱃놀이의 즐거움 중 최고는 역시 어죽 놀이가 아닌가 싶다.

식사를 마칠 무렵, 보름달이 누르스름하게 솟기 시작했다. 적벽부(赤壁賦)를 외면서 강변을 바라보니, 적벽의 운치가 따로 없었다. 모란봉의 독고(獨高)한 자태며, 강기슭으로 길게 뻗쳐 내려간 등불이며, 강 위에 뜬 무수한 흥겨운 배들의 풍경은 적벽 이상의 것이었다. 아직 가 보지 못한 서구의 수도 베니스의 풍경인들 이보다 더할 것 같지 않았다.

달그림자가 강기슭에서 뱃전까지 길게 이어졌다. 그래서인지 지금까지 본 것 중 오늘 밤의 운치가 가장 아름다웠다. 너무도 아름다운 것이 강놀이의 마지막일 듯한—아닌 게 아니라 마지막이 될지도 모르는 것은 K가 내일부터 십여 일 동안 양덕(陽德)으로 떠나기 때문이다. 가서 좋은 일이 있으면 편지로 급히 우리를 부르겠다고 했지만, 어쨌든 그가 빠지면 강놀이 역시 잠시 중단되어야만 할 것이다. 하기는 너나 할 것 없이 지친 터라 얼마 동안은 휴식이 필요하기는 하다. 몸도 너무 탔다. 멀끔하게 벗어지려면 또 올해가 다 가야 할 것이다.

- 1939년 8월 7일 ~ 8월 10일 〈매일신보〉

*소하(銷夏) - 여름나기

바다 건너에서 떠오르는 해

저 마을에는 누가 살고 있는 걸까

우리 사는 세상에 빛을 보내주고

삶의 희망을 안겨준다.

아늑한 바다 건너의 풍경화

언제나 연민과 동경을 안겨주는 바다.

_ 이양우, 〈바다 건너의 꿈〉 중에서

첫 번째 방랑
_ 이 상

출발

통화(通化, 중국 요동성 동부에 있는 도시)는 시골이라고 한다. 그리고 아직 위험하다고 했다.

그는 진도(陣刀, 군인이 허리에 차는 칼) 모양의 끈 달린 지팡이를 갖고 있었다. 나는 그것이 금세 칼집에서 불쑥 알맹이를 드러내는 것은 아닌지 겁이 났다.

나는 그에게 아편을 본 적이 있느냐고 물었다. 이에 그가 어떤 대꾸를 했는지, 그건 잊어버렸다.

그— 그는 작달막하고 예쁘장하게 생긴 사내다. 안경 쓰는 걸 머리에 포마드 바르는 것처럼이나 하이칼라로 아는 그는 바로 얼마 전까지 종로의 금융조합에 근무하고 있었단다. 그가 나를 어떻게 생각하는지 모르지만, 나는 그를 아주 사람 좋고, 순진하며, 인정 넘치는 사람으로 알고 있다.

　나는 그를 멸시할 생각도, 자격도 전혀 없다. 그리고 그는 현재 만주의 통화라는 곳에 전근해 있다고 하지 않던가.

　그에 의하면, 오랜만에 돌아온 서울은 정답기 그지없는 곳이라고 한다. 그래서 다시는 떠나고 싶지 않다고 했다. 카페, 그리고 지분(脂粉, 여자들이 얼굴에 바르는 연지와 백분) 냄새도 그득할 뿐만 아니라 참으로 뼈에 사무치게 좋다고 했다. 그에 비하면, 통화는 시골이라서 유흥을 즐길만한 곳— 그의 말에 따르면— 같은 것이 전혀 없으므로 매우 쓸쓸하다고 했다.

　나는 그의 말에 일일이 고개를 끄덕여 보였다. 실상 나는 그 방면의 일에 대해서 제법 잘 알고 있을 것 같지만 조금도 알지 못한다. 그런데 그는 자꾸만 그런 것에 대해 고유명사를 손꼽아 대곤 나를 깜짝깜짝 놀라게 하는가 하면, 사계(斯界, 어떠한 일에 관계되는 그 사회)의 종사자인 나보다도 더 많은 것을 알고 있다. 그럼으로써 자신의 지식을 뽐내고, 그 천생의 도락벽(道樂癖, 술·계집·도박 등 유흥에 취하여 빠짐)에다 여하히(일의 형편이나 정도가 어떠하게) 달콤한 우월감을 더해볼 속셈인 것 같다. 그러나 나는 또 나로서 사실 말이지 그의 여러 가지 이야기에 고분고분 경의를 표하지 않을 수 없는 노릇이었다.

　그의 하찮은, 한 번에 3원 정도의, 좀 더 작게는 5, 60전의 도락은 정말 싫증 나는 법이 없는가 보다. 그는 또 무엇보다도 금수강산으로 이름난 평양에서 한나절 정도 놀고 싶다고 했다. 평양 기생은 예쁘다. 하지만 노는 상대가 어쩐지 기생은 아닌 듯싶다.

그와 얘기한다는 건 한없이 나를 침묵하게 하는 일이다. 그가 하는 이야기에 일일이 감탄을 표하고 있지 않으면 안 되니 말이다.

그에 반해 나는 그를 감격하게 할 만한 것을 아무것도 갖고 있지 않다. 내가 하는 이야기는 그에게 그저 괴상하다는 느낌만 들게 하기 때문이다. 첫째, 나는 나의 초라한 행색을 어떻게 변명해야 할지 알지 못한다. 그는 나의 이 빈약한 꼴을 틀림없이 비웃을 것이다. 하지만 그것은 내게 있어 참기 어려운 일이다.

나의 여행은 진실로 '모파상'식이라는 것을 그에게 설명해주고 싶다. 그러나 나의 혼탁한 두뇌로는 그것을 어떻게 설명해야 좋을지 엄두가 나지 않는다. 그래서 입을 다물고 그저 무턱대고 초조해하는 수밖에 없다.

집을 나설 때, 나는 역에서 또 기차 안에서 누구도 만나지 않았으면 싶었다. 다행히 역에는 아는 사람이 아무도 없었다.

사실 뭐가 뭔지 알 수 없는 이 여행에 대해서 변명하는 것이야 말로 정말이지 괴로운 일이다. 그래서 여행을 하는 동안에는 누구도 만나고 싶지 않았다.

하지만 그는 이렇게 언짢은 얼굴을 한 나를 보고, 참으로 치근치근(몹시 성가실 정도로 자꾸 귀찮게 구는 모양)하게 인사를 했다. 나는 얼굴에 애써 웃음을 지으면서도 한동안 어리둥절해 있었다. 그는 그런 일에는 무관심한 모양이었다. 이에 "나그넷길에 길동무……" 어쩌고저쩌고 하면서 이번 만주 여행이 얼마나 장도(長道, 먼 길)인지에 관해서 설명했다.

서울에서 신의주. 6시간 하고도 20분. 스피드 한 국제열차가 아니고는 그를 만족하게 할 수 없다. 그러나 그는 여태 비행기라는 편리한 교통수단이 있다는 것을 알지 못하는 것 같다.

나는 왜 이렇게 피곤해 있는가에 관해서 생각해 보았다. 어제가 엊그제 같기도 하고, 내일 같기도 했다. 나에겐 나의 기억을 정리할 만한 끈기가 없다. 이에 입을 다물고 있는 수밖에 없다.

거대한 바위와 같은 불안이 공기와 호흡의 중압(重壓, 무겁게 내리누름)이 되어 나를 마구 짓눌렀다. 나는 이 야행열차 안에서 잠을 자지 않으면 안 된다. 하지만 미지의 사람들이 우글거리는 기차 안 한구석에서, 나의 눈은 자꾸만 말똥말똥해지기만 한다.

이윽고 그는 이 불손하기 짝이 없는 사나이한테 이야기하는 것이 얼마나 부질없는 노릇인가를 깨달은 것일까. 맞은편 좌석에 누이동생인 듯한 열 살쯤 된 여자아이를 데리고 있는 여학생 차림을 한 얌전한 여인을 그가 주목하기 시작했다(그런 것 같았다).

하지만 결코 나처럼 여인을 볼 때 눈을 번쩍이거나 하지는 않았다. 느슨하고 먼 풍경을 바라보는 사람처럼 그야말로 평화스럽기 그지없었다.

나도 그 여자 쪽을 바라보았다. 예쁘지는 않지만, 꽤 감성적인 얼굴이다. 살찐 듯하면서도 날렵하게 야윈 정강이는 가볍고 애처로웠으며, 입술은 흡사 포도를 먹었을 때처럼 가무스레했다. 멀리 강서 근처에서 폐를 요양하는 애인을 생각하는 그런 표정이었다.

나는 모든 것을 잊어버리지 않으면 안 된다. 나 자신을 암살하고 온 사람처럼, 내가 나답게 행동하는 것조차도 금지되지 않으면 안 된다.

《세르팡》을 꺼낸다. 아폴리네르(프랑스의 시인이자 소설가)가 즐겨 쓰는 테마 소설이다. 암살당한 시인! 나는 신비로운 고대의 냄새를 풍기는 주인공에게서 '벤케이'를 떠올린다. 그러나 그는 시인이기 때문에, 낭만주의자이기 때문에, 벤케이처럼 결코 화려하지는 않을 것이다.

글자는 오수(吾睡, 낮잠)처럼 겨드랑이 밑을 간질인다. 이미지는 멀리 바다를 건너간다. 벌써 바닷소리가 들려온다.

이렇게 말하는 환상 속에 내가 나오고 있다. 반지르르한 루바슈카(러시아 민족의상)를 입은 몹시 퇴폐적인 모습에, 소년처럼 창백한 털북숭이 풍모를 하고 있다. 그리고 언제나, 어느 나라인지도 모를 거리의 교차로에 멈춰 서 있곤 한다.

나는 차가운 에나멜의 끝이 뾰족한 구두를 신고 있다. 나는 성큼성큼 걷기 시작한다. 그리고 얼마 후 꿈같은 강변으로 나선다. 강 저편은 목멘 듯이 날씨가 질척거리고 있다. 종이 울리는가 보다. 하지만 저녁 안갯속에 녹아버려 이쪽에선 영 들리지 않는다.

나처럼 창백한 얼굴을 한 청년이 헌책을 팔고 있다. 나는 그것들을 뒤적거린다. 그리고 뭔가를 찾아낸다. '나카무라 쓰네(일본의 화가)'의 〈자화상〉 데생이다.

멀리 소년의 날, 린시드 유(Linseed oil, 회화에서 유화물감의 건조를 빠르게 하는 목적으로 사용하는 기름)의 냄새에 매혹되면서 한 화가는 곧

잘 흰 시트 위에 황달색 피를 토하곤 했었다.

문득, 그가 페이지를 넘기는 소리가 났다. 이건 또 어찌 된 셈일까. 그도 열심히 책을 읽고 있다. 그리고 미간에 주름살마저 잡혀있지 않는가. 〈킹구(일본 대중잡지)〉— 이 천진한 사내의 마음을 아프게 하는 그 어떤 기사가 그 속에 있다는 것일까.

나는 담배를 피우듯이 숨을 쉬었다. 그 아가씨는? 들녘처럼 푸른 사과 껍질을 깎고 있다. 그 옆에서 여동생 같기도 한 소녀는 점점 길게 드리워지는 껍질을 열심히 응시하고 있다. 독일 낭만파의 그림처럼 광선도 어둡고 심각한 화면이다.

나는 세상의 불행을 짊어지고 태어난 것 같은 오욕에 길든 일족을 서울에 남겨두고 왔다. 그들은 차라리 불행을 먹고 사는 것인지도 모른다. 그들은 오늘 저녁에도 맛없는 식사를 했을 테지. 불결한 공기에 땀이 배어 있을 테지.

나의 슬픔은 왜 그들을 진심으로 사랑할 수 없는 걸까. 잠시나마 나의 마음에 평화가 있었던가. 나는 그들을 저주스럽게 여길뿐만 아니라 증오하고 있다. 하지만 그들은 결코 멸망하지 않는다. 심한 독소를 방사하면서, 언제나 내게 거치적거리며 나의 생리에 파고들 뿐이다.

야행열차는 지금 북쪽을 향해 달리고 있다. 무서운 저주의 실마리가 엿가락처럼 이 열차를 쫓아 꼬리가 되어 뻗쳐 온다. 무섭다, 무섭기만 하다.

이제 좀 자야겠다. 하지만 눈꺼풀 속은 별의 보슬비다. 암야(暗夜, 어두운 밤)의 거울처럼 습기 없이 밝고 맑은 눈이 시간이 흐를수록 더 말뚱말뚱하기만 하다.

책을 덮었다. 그러자 활자가 상(箱, 저자의 이름)으로부터 흘러 떨어졌다. 이제 나는 엄격한 자세를 취하지 않으면 안 된다. 이제 나는 혼자이니까.

차창

사람들은 모두 잠들어 있다. 그것이 나에겐 아무래도 이상스럽기만 하다. 어째서 앉은 채 사람들은 잠을 자는 것일까. 사람들의 생리조직이 여간 궁금하지 않다. 맞은편 대각선의 여학생 역시 자고 있다. 검은 드로어즈(반바지 풍의 헐렁한 속옷)가 보인다. 허벅다리 언저리가 한결 수척해 보인다. 피는 쉬고 있나 보다. 가만히 들여다보니 그 얼굴이 몹시 창백해 보인다. 슬픈나머지 울고 있는 것처럼.

지금 기차는 황해도 근처를 달리고 있는 듯하다. 가끔 터널에 들어가 숨이 막히곤 했다. 순간, 도미에(프랑스 사실주의 화가)의 〈삼등열차〉가 생각난다. 이에 고양이처럼 정신이 말뚱말뚱해져서 다시 자세를 고쳐 앉았다. 이따금 자세를 흩트려 잠을 잘 수 있을 만한 포즈를 취해보지만 부질없는 짓이다. 뼈마디를 아프게 하는 것 외에는 아무런 효과가 없기 때문이다. 이에 곧 체념한 채 해저에 가라앉는 측량기마냥 단정히 앉아 있다.

창밖은 깊은 안갯속이다. 아무것도 보이지 않는다. 능형(菱形, 마름모

꼴이나 다이아몬드 꼴인 형태)으로 움직이는 차창에 거꾸로 비친 그림자를 통해 겨우 풀 같은 것의 존재를 알아볼 수 있을 뿐이다.

누군가 다가오는 기척이 난다. 누구일까. 나는 반사적으로 고개를 그쪽으로 돌렸다. 키가 매우 큰 중대가리다. 그는 입을 한일자로 다물고, 눈에는 독기를 띠고 있었다. 잠시 후 내 옆에까지 온 그가 별안간 뭔가를 떨어뜨리기라도 한 듯 큰소리를 냈다. 왠지 오싹했다. 하지만 몸이 전혀 움직이지 않았다.

지나가는 악귀처럼 그는 맞은편 문을 열고 다음 칸으로 자취를 감추었다. 그런데 도대체 이게 어떻게 된 일일까. 금융조합 사내가 갖고 있던 진도 모양의 단장(短杖, 짧은 지팡이)이 넘어져 있다. 하지만 그는 여전히 잠에 취해 깨어날 줄 모른다. 이건 또 어찌 된 일일까.

사람들은 모두 답답한 듯 숨을 내쉬었다. 아예 입을 벌리고 있는 사람도 있었다. 그러자 폐가 풀무처럼 소리 내어 울기 시작했다.

기차 안의 탁한 공기는 빠져나갈 구멍을 잃고 있다. 송사리 떼 같은 세균의 준동이 육안으로도 보이는 것만 같다. 나는 코를 손가락으로 집어봤다. 끈적거리는 양쪽 벽면이 희미한 소리를 내며 부착했다. 더 숨을 쉴 수가 없다. 정신이 아찔했다. 순식간에 얼굴이 빨갛게 물들어 갔다. 다시마가 집채 같은, 콘크리트 같은 파도에 흔들리고 있는 것이 보였다. 그리고 일순간, 그 다시마는 다시 뱀장어로 변해갔다. 독기를 품은 푸름이 내 육체를 눌러 짜고, 내부로 질질 끌고 갔다. 이제 나는 완전히 선머슴(차분하지 못하고 매우 거칠게 덜렁거리는 사내아이)이 되고 말았다. 세월은 나의 소년의 것이다. 나는 가련한 아이였다.

　풀밭이 먼 데까지 펼쳐져 있다. 언덕 넘어 목초 냄새가 풍겨 온다. 빨간 지붕이 보였다. 여기는 대체 어디란 말인가. 나의 강막(綱膜)에 거대한 괴물이 비쳤다. 그것은 점점 멀어져 가는 것 같았다. 나는 이제 놀라지 않는다. 이렇게 내 손은 희다.

　이 사나이는 또다시 저 진도처럼 생긴 단장을 넘어뜨린 것이다. 이 무슨 경망스런 작자일까. 그건 그렇다 치더라도 아까 넘어졌던 걸 다시 일으켜 단정하게 세워놓은 사람은 과연 누구일까.

　나는 그것을 보지 않는다. 그런데도 그것은 얌전하게 서 있지 않으면 안 된다. 그렇다 치더라도 또 나는 이 무슨 환상의 풍경을 눈앞에서 본 것일까. 나는 그만 꾸벅꾸벅 졸았던 모양이다. 그러는 동안 어쩌면 누군가가 내 옆을 지나갔을 것이다. 그리고 저 단장을 일으켜 놓았으리라. 저 사나이는 아직도 잠에서 깨어나지 않고 있다.

　문을 마구 두드려대는 소리 때문에 나의 의식은 한층 더 또렷해졌다. 그런데 이게 웬일인가. 진도처럼 생긴 단장이 뒹굴고 있는 게 아닌가. 나는 지금 그것을 비웃으며 응시하고 있다. 그것은 어째 알맹이가 없는 그저 그런 장님(시각장애인)의 진도인 것 같다. 사람들은 저런 것을 사는 것이다. 이걸 만든 사람은 그것을 알고 있기에 바로, 저 얼토당토않은 물건을 만들었을 것이다. 팔을 뻗어 그것을 짚었다. 그러고 보니 나는 단장 휘두르기를 좋아한다. 하지만 그 단장은 대가리가 밋밋해서 휘두를 수 없다. 이에 다시 발밑에 있는 풀을 후려쳐서 쓰러뜨리는 시늉을

해보았다. 단장은 풀을 전혀 건드리지 않고 날카롭게 공기를 베었다. 나는 그 끝으로 흙을 눌러 보았다. 시뻘건 피 같은 액체가 아주 조금 배어 나왔다. 나는 몸에 가벼운, 그러나 추위에 충분히 대비할 수 있는 고귀한 양복을 입고 있었다.

눈앞에서 한 여인이 해산을 하고 있다. 치골(恥骨, 볼기 뼈의 앞과 아래쪽을 이루는 부분) 언저리가 몹시 아프다. 팔짱을 끼듯 나는 그 애처로운 광경을 그저 바라만 보고 있다. 팔꿈치 언저리는 딱딱한 책상이다. 책상 위엔 아무것도 없다.

말소리가 유리를 뚫고 맑게 울리는 시골 사투리가 되어 들려왔다. 그것들은 더없이 즐겁다. 그리고 좀 시끄럽기조차 하다.

나는 개떼한테 쫓기고 있었다. 나는 쏜살같이 달아난다. 이윽고 나의 속도는 개의 그것보다 훨씬 뒤처진다. 개의 흙투성이 발이 내 위에 포개졌다. 곧 무수한 체중이 나를 짓누른다.

하지만 개는 나를 쫓고 있는 것이 아니었다. 전방 먼 쪽을 향해서 달려가는 것이었다. 그렇다고 하더라도 웬 개가 이렇게도 많단 말인가.

열차는 멈춰 있었다. 밤안개 속에 체온을 증발시키고 있었다. 그리고 턱수염이라도 난 것처럼 때때로 기관차는 뼈 돋친 숨을 쉬었다.

차창 밖을 흘깃 내다봤더니, 이건 또 웬 유령의 나라 경찰인가. 금빛 번쩍거리는 모자를 쓴 사람이 습득물 바퀴 하나를 가지고 우두커니 서 있다. 이윽고, 그는 태엽을 감기라도 하듯 종종걸음으로 걷기 시작했다. 그 순간, 그의 얼굴 어딘가에 불이 옮겨붙고 말았다. 그러자 그 모습은 무슨 방대한 어둠의 본체 속으로 빨려들어 가더니 결국 사라지고 말았다.

나는 모골이 송연했다. 봐선 안 될 것을 보고 말았기 때문이다. 나는 또 그 무슨 참혹한 광경을 본 것일까. 그런 생각을 하고 있자니, 귀에 산 같은 것이 무너져 떨어지는 소리가 들려왔다.

내 귀는 먹어 있었던가. 그것은 남쪽으로 가는 국제특급열차인 듯했다. 그렇다 치더라도 내 귀는 먹어 있었던가.

아무것도 남기지 않고, 그리고 모든 것을 남기고, 또 하나의 야행열차는 밤기운에 흠뻑 젖은 몸을 스치듯 지나치고 말았다.

누군가가 슬픈 음색으로 기적을 불었다. 그렇게 느껴졌다. 마을은 보이지 않는다. 잠든 사이에 사라지고 말았나 보다.

개찰구에 홀로 우두커니 기대고 있던 흰옷을 입은 사람이 에스컬레이터처럼 움직이기 시작했다. 금빛을 번쩍거리던 사람은 다시 어디선가 나타나 엄숙한 표정으로 거수경례를 해 보였다. 나는 내심 혀를 날름 내밀었다. 이건 혹시 장난감 기차인지도 모른다. 진짜 기차는 어딘가 내 손이 결코 닿을 수 없는 위대한 지도 위를 달리고 있는 것이 아닐까.

어느새 그는 잠에서 깨어나 진도처럼 생긴 단장을 턱에 괴고 눈을 깜박거리고 있었다. 그리고 나를 향해 "지금 엇갈려 간 열차는 '히카리(일본의 기차 이름으로 '빛'을 뜻함)'가 분명하다"고 말했다. 나는 그의 말에 동의하듯 고개를 끄덕여 보였다. 이에 그는 만족스러운 듯 히카리가 얼마나 빠른지에 관해서 이야기하기 시작했다. 그리고는 슈트케이스에서 사륙반절 소책자와 담배 케이스를 꺼냈다. 만주 담배라도 들어 있나 싶었다. 하지만 그가 자랑하고 싶은 것은 담배가 아닌 그 케이스였다. 만주에서 산 그 케이스 말이다.

결국, 나는 그의 슈트케이스가 얼마나 빈약한지 목격하고 말았다. 이에 그는 흔해빠진 여송연(呂宋煙, 담뱃잎을 흡연용으로 처리하여 말아서 만든 둥글거나 모난 막대기 모양의 담배) 한 개비를 내게 권했다. 나는 그것을 피우리라. 이미 이 야행열차 속에 10년 전의 그 커다란 잎 그대로의 칙칙한 연기는 볼 수 없다.

그들은 먼 조상의 담뱃대를 버리고 우습기 짝이 없는 궐련을 피우는 대(竹), 또는 오동 파이프를 입에 물고 있다. 그들 중 누군가는 그 맛의 미흡함과 자신의 어지간히 큰 덩치에 비해 너무도 작은 파이프로 인해 눈에서 주르륵 눈물마저 흘리고 있었다.

구토가 자꾸만 치밀어 올랐다. 이에 목을 왼쪽으로도 향해 보고, 오른쪽으로도 향해 보았다. 무거운 짐짝 같은 두통이 눈구멍 속에 있었다. 불결한 공기 때문이리라. 그러니 이 불결한 공기로부터 잠시나마 도망치지 않으면 안 된다.

기차가 요란한 소리를 내면서 승강구에 멈춰섰다. 쇠와 쇠가 맞부딪는 대장간 같은 소리가 고통에 넘쳐 있다. 나는 산소로만 만들어졌다고 할 수밖에 없는 시원한 공기를 마시면서, 이 정수리를 때리는 것만 같은 음향에 익숙해지고자 했다. 공기는 냉랭한 채 머리털에 엉겨 붙었다. 이마에 제법 차가운 손이 얹어지는 것만 같았다. 사람을 초조하게 하는 이 음향에 어서 익숙해졌으면 좋겠다.

승강구에 서 보았다. 몸은 좌 혹은 우였다. 아직 머리는 비슬거리고 있나 보다.

소변을 누어 보는 것도 좋겠다. 달리는 기차 위로부터 떨어지는 소변은 가루눈처럼 산산이 흩어져 땅바닥에 닿지 못할 것이다.

그때 나의 등 뒤에서 차량과 차량이 붙어 있는 부분의 복잡한 기계를 만지작거리는 사람이 있었다. 차장일 테지. 매우 익숙한 손짓이다. 나는 소변을 보면서 귀찮은 일은 그만 잊어버리기로 했다.

언제까지, 뭘 저렇게 만지작거리는 것일까. 혹시 고장이 난 건 아닐까. 그런 일이 있어서야 어디 되겠는가. 그렇더라도 시간이 너무 오래 걸린다. 나는 더 참을 수 없다. 돌아다보기로 하자. 아뿔싸, 이거 큰일이다. 아무도 없다.

가느다란 공기 속에서 철과 철이 광명단(光明丹, 사삼산화납. 연단이나 적연이라고도 함)을 가운데 끼고 맞부딪치면서 슬픈 소리를 내고 있다. 나의 소변은 결국 어이없게 끝나고 말았다. 이젠 이 이중(二重)—이부(二部)로 이루어진 음향에 익숙해져야 한다. 나는 먼 곳을 바라보기로 했다. 하지만 거기엔 경치랄 것이 없다. 모든 것을 삼켜 버린 큰 살기가 펼쳐져 있을 뿐이다.

저 안개처럼 보이는 것은 고열의 증기임이 분명하다. 이 무슨 바닥 없는 막대한 어둠일까. 들판도 삼켜졌다. 산도 풀과 나무를 짊어진 채 삼켜져 버렸다. 그리고 공기도.

보아하니 그것은 평면처럼 얄팍한 것 같기도 하다. 입체가 없기 때문이다. 그것은 이미 헤아릴 수 없는 심원한 거리를 가득 담고 있다. 그 심원한 거리 속에는 오직 공포가 있을 따름이다.

반짝이지 않는 별처럼 나의 몸은 움츠러들며 깜박거리고 있다. 이미 이것은 눈물과 같은 희미한 호흡일 수밖에 없다. 그러나— 나는 핸들을 꽉 붙잡고 있다. 거기에는 차가운 것이 흐르고 있다. 하지만 그것을 결코 놓을 수 없다— 저 막대한 공포와 횡포의 입구는 역시 조그마한 초원이다. 그것은 계절의 자잘한 꽃을 피우고 있으며, 목초가 조금 자라는 땅이다.

일전에 이 열차의 등불 있는 생명에 매달리려고 필사의 아우성을 치면서—그것은 내 마음을 아프게 하기에 충분하다.

저기 멈춰 서자. 메마른 한 그루의 나무가 있으면 산책자처럼 거기에 기대서자. 거창한 동공이 내 위에 쏟아진다. 그것에 놀라면 안 된다.

아름다운 시를 떠올린다. 또는 범할 수 없는 슬픈 시를 떠올린다. 그러고는 고개를 수그리며 그것을 외워본다. 그러면 공포의 해소(海嘯, 삼각형 모양의 하구에서 밀물 때나 폭풍, 해저 화산 따위로 인하여 바닷물이 역류하여 일어나는 거센 파도)는 얼마쯤 멀어진다. 하지만 더는 아무것도 보이지 않는다. 어느새 내 손에는 은빛으로 빛나는 단장이 쥐어져 있다. 그것을 가볍게 휘둘러본다.

도대체 나는 뭘 기다리고 있는 것일까. 이윽고 사람들은 오고야 말 것이다. 오오, 이 살벌하고 몽몽(濛濛, 비·안개·연기 따위가 자욱한)한 대기(大氣)는 나를 위협하고 있다.

하현(下弦, 음력 22~23일에 나타나는 달의 형태. 활 모양의 현(弦)을 엎어 놓은 것 같은 모양)이다. 나는 이를 아름답다고 생각한다. 그것은 몹시 수척하고 담배 연기로 인해 매우 혼탁해 있다. 함성을 지르기엔 아직 이르다. 공포의 심연 속에 분노의 호흡이 들린다. 이젠 사람들이 와도 좋을 시기다.

왔다. 일순, 달은 분연(噴煙, 뿜어내는 연기)을 퍼뜨리고 자취를 감추었다. 사람들이 철을 운반해온 것이다. 사람들이 묵묵히 다가온다. 다만, 철과 철이 알몸인 채 맞부딪고 있다. 내 귀는 마치 동굴처럼 그런 음향들을 하나하나 반향(反響, 소리가 어떤 장애물에 부딪혀서 반사하여 다시 들리는 현상)한다. 아니, 이건 후방으로부터 들려오는 소리다. 그렇다면 난 방향을 잘못 잡고 서 있는 것일까. 그것은 반의(叛意, 저버리려는 마음)를 품고 있는 것 같다. 그리고 단 하나뿐인 듯하다. 나는 아찔했다. 이에 상아(嫦娥, 달 속에 있다는 전설 속의 선녀)처럼 차갑게 가늘어지면서 뒤를 돌아다보았다. 하지만 거기에는 아무도 없었다. 나는 결국 대지(垈地, 건축물을 세울 수 있는 토지)를 잃어버리고 말았다.

나는 나의 기억을 소중히 하지 않으면 안 된다. 나의 정신에선 이상한 향기가 나기 시작했으니 말이다. 이 뼈만 남은 몸을 적토(赤土) 있는 곳으로 운반하지 않으면 안 된다. 나의 투명한 피에 이제 바야흐로 적토색을 물들여야 할 시기가 왔기 때문이다. 적토 언덕 기슭에서 한 마리의 뱀처럼 말라 죽을지도 모르지만, 나는 아름다운— 꺾으면 피가 묻는 옛 꽃을 피울 것이다.

이제 모든 사정이 나를 두렵게 하고 있다. 사람들이 평화롭다는 그것이, 승천하려는 상념이, 그리고 사람들의 치매증이. 나는 그런 온갖 위협을 참고 견디지 않으면 안 된다. 그런 것들의 침범으로 정신의 입구를 공허하게 해서는 안 된다.

끝없는 어둠에 나의 쇠약한 건강은 견디지 못하는가 보다. 나는 이제 이 먼 공포로부터 스스로 도망치지 않으면 안 된다.

등불이 어스름하다. 이건 옥체실(屋體室)임에 틀림없다. 공기는 희박하다— 아니면 그것은 지나치게 농밀한가. 나의 폐는 이런 공기 속에서 그물처럼 연약하다. 전실(全室, 방)에 한 사람 몫 공기 속에 가사(假死, 죽은 것처럼 보이는 상태)의 도적이 침입해 있는 건 아닐까.

이 무슨 불길한 차창일까. 이 실내에 들어서는 즉시 두통을 앓지 않으면 안 되다니.

승강대에 다시 서서 어둠 속을 다시 바라보았다. 어둠은 여전히 별과 달을 삼키고 있었다. 아마 그 속은 악취로 가득 차 있을 것이다.

머리 위 하늘을 찌르는 곳에 나무 한 그루가 보였다. 그것은 거멓게 그은 수목의 유적일 것이다. 유령보다도 처참하다.

몽몽한 대기가 사라지고, 투명한 거리는 한층 더 처참하다. 그 위로 거꾸로 선 내 그림자가 닳아 없어지면서 질질 끌려간다.

8월 하순— 이 요란하기 짝이 없는 음향 속에 애매미 소리가 훨씬 선명하게 들리는 건 이상한 일이다. 그들은 저 어둠에 틀림없이 압살 되었을 것이다.

따뜻한 애정이 오한처럼 나를 엄습한다. 사실 오전 3시의 냉기는 오한이나 다름없다. 일순, 나는 태고를 생각한다. 그 무슨 바닥 없는 공포와 살벌에 싸인 저주의 위대한 혼백이었을 것인가.

우리는 더더구나 행복하지 않으면 안 된다. 식어 가는 지구 위에 밤낮없이 따스하니 서로 껴안지 않으면 안 될 것이다.

역마다 정차한다는 열차가, 단 한 번도 정차하지 않았다. 적어도 나의 기억에는 그렇다. 혹시 나는 모든 것을 잊어버리고 있는 건 아닐까.

곧 먼동이 틀 것이다. 이윽고 공포가 끝나는 장엄한, 그리고 날쌘 광경을 접하게 될 것이다. 그러나 언제까지나 그것은 어둠의 연속이다. 이제 저 해룡(海龍)의 혀 같은 몽몽한 대기는 완전히 가시었다.

나는 하늘을 쳐다보았다. 시원한 공기가 폐부에 흐르고, 별이 운행하는 소리가 몸을 상쾌하게 한다. 어느 틈엔가 별의 보슬비가 내리고 있다. 이에 맞춰 하늘이 수줍어하듯 엷은 은빛으로 빛나기 시작했다. 그러자 별은 한층 더 기쁜 듯이 반짝거린다.

수목이 시원스러운 녹색을 보이는 시간은 과연 언제쯤일까. 나무는 움직이는 것처럼 보이기도 한다.

아까와는 다른 방향에서 하현이 다시 그 모습을 드러냈다. 방향이 다른 것으로 보아 그것은 다른 것임이 틀림없다. 그도 그럴 것이 이번 것은 약간 따스함을 띠고 있다. 그리고 자신의 사치로 인해 참을 수 없이 더욱 빛나고 있다. 참을 수 없는 아름다움이다. 내게 표정을 강요하는 것 같기도 하다. 그때문에 나는 어떤 표정을 짓지 않으면 안 된다. 나는 기꺼이 표정을 택할 것이다. 그렇다면 나는 과연 어떤 표정을 지어야 할까. 어떤 표정이 제일 달의 자랑에 알맞을까.

나는 잠시 망설인다.

산촌

돼지우리다. 사람이 다가서면 꿀꿀거린다. 나직한 초가지붕마다 호박덩굴이 덮이고, 탐스러운 호박이 매달려 있다. 노랗고 못생긴 그것은 자꾸만 꿀벌을 불러들인다. 자연의 센슈얼한 부면(部面, 몇 개로 나눈 부분의 한 면)······.

돼지우리 안은 지독한 악취를 풍기고 있다. 하지만 이것은 풀의 훈훈한 기운과 마찬가지로 요란하고 자극적이다.

돼지, 귀여운 새끼 돼지, 즐거운 오예(汚穢, 지저분하고 더러운 것) 속에 흐느적거리고 있는 돼지, 새끼 돼지―수뢰(水雷) 모양을 하고 있는 꿀돼지다.

바람이 불었다. 비는 이제 저 철골 망루가 있는 산등성이를 넘어서 또다른 산촌으로 가버렸나 보다.

남쪽은 모로 길게 가닥가닥이 푸르고, 자줏빛 구름은 어쩌면 오렌지빛 안쪽을 유혹이나 하듯 뒤집어 보이곤 한다.

야트막한 언덕 가득 콩밭― 그것은 그대로 푸른 하늘에 잇닿아 있어 끝없이 넓어 보인다. 그리고 산 쪽으로는 수수밭, 들판 쪽으로는 벼가 자라는 논과 경계를 이루고 있다.

또 바람이 불었다. 개구리가 뛰었다. 조그만 개구리다. 잔물결이 개구리밭 사이에 잠시 보였다.

벼밭에서 벼밭으로, 아래서 더 아래로, 맑은 물이 흐르고 있다. 논두렁을 잘라 물길을 낸 곳에서 샴페인을 터뜨리는 물소리가 끊일 새 없다.

피가, 지칠 줄 모르는 피가 이렇게 내뿜어지고 있는 대자연은 천고에도 결코 늙어 보이는 법이 없다.

또 바람이 불었다. 이번에는 비를 약간 머금은 바람이다. 수수와 옥수수 잎 스치는 소리가 정겹다. 그것은 어쩌면 치마끈 끄르는 소리 같다.

농가다. 개가 짖는다. 새하얀 인간의 얼굴보다도, 오히려 가축답지 않은 생김새다. 아래 온천 마을에서는 어떤 사람을 봐도 개가 짖지 않는다. 하지만 여기에서는 조심스럽고, 겸손해하면서, 한층 더 슬픈 소리로 짖어댄다. 산에 산울림 하여 인간의 호흡을 전달하는 것이었다.

밤나무와 바위, 조금 가파른 낭떠러지에 둘러싸여 온돌처럼 따스해 보이는 두셋 농가 문어귀의 소로까지, 양쪽 댑싸리(명아주과에 속하는 한해살이풀) 옥수수 울타리가 어렴풋하게 구부러지면서 지나갔다. 그래서 문어귀를 곧바로 내다볼 수가 없다. 마당에는 공만 한 백일초가 새빨갛게 타오르고 있다.

울타리 사이로 개가 겁난 눈빛으로 이쪽을 쳐다보고 있다. 그리고 마당. 말끔히 쓸어 놓은 마당과 소로엔 수수며 조 같은 곡식이 떨어져 있음직도 하다.

툇마루 끝에선 노파가 손녀딸 머리의 이를 잡고 있다. 원후류(猿猴類, 원숭이)처럼—둘 다 상반신은 알몸이다.

그리고 어두컴컴한 부엌에서는 역시 상반신이 알몸인 젊은 며느리가 선 채로 일을 하고 있다. 초콜릿 빛 피부를 가진 건강한 육체다.

집 뒤꼍에는 옥수수 들쭉날쭉 서 있다. 커다란 이삭을 몇 개 달고는 가을 풀 사이에 유난히 키가 크다.

바위에는 칡넝쿨이 붉다. 그리고 그것은 바위에 낀 무슨 광물이라도 된 것처럼 바위에 찰싹 달라붙어 있다. 검은 바위를 배경 삼아 한층 더 붉다.

어린아이 둘이 검붉은 머리카락을 바람에 나부끼면서 마당에서 놀고 있는 것인지, 노는 걸 그만둔 것인지, 둘 다 멍하니 서 있다.

매일같이 가뭄이 계속되어, 땅바닥은 입덧 난 것처럼 균열이 생기고, 암석은 맹수처럼 거칠게 숨을 쉬고 있다.

농부는 짙푸르게 개어 오른 초가을 허공을 쳐다본다. 하늘엔 구름 한 점 없다. 삶을 지닌 모든 것은 모두 피를 말려 쓰러질 것이다. 이제 바야흐로, 아카시아 이파리엔 흰 티끌이 덧쌓이고, 시냇물은 정맥처럼 가늘게 부어올라 거무죽죽하다.

어디에서도 뱀을 찾을 수 없다. 옥수수 키 큰 풀숲 속에 닭을 작게 축소한 것만 같은 산새가 한 마리 내려앉았다. 천벌인 듯 빈민처럼 야위어 말라빠진 조밭이 끝없이 잇달아, 수세미처럼 말라죽은 이삭을 을씨년스럽게 드리우곤 바람에 울부짖고 있다. 그러는 사이에도 잠실 누에는 걸신 들린 것처럼 뽕을 먹어 치웠다.

아가씨들은 조밭을 짓밟았다. 어차피 인간은 굶어 죽지 않으면 안 되는 것이라면, 지푸라기보다도 빈약한 조밭을 짓밟고, 그리곤 뽕을 훔치라고.

야음을 틈타 마을 아가씨들은 무서움도 잊고, 승냥이보다도 사납게 조밭과 콩밭을 짓밟았다. 그러고는 밭 저쪽 단 한 그루밖에 없는 뽕나무를 물고 늘어졌다. 그래도 누에는 눈 깜박할 새에 뽕잎을 모두 먹어 치웠다. 이에 아이들보다도 더 튼실하게 커갔다. 넘칠 것만 같은 건강. 풍성한 안심(安心)이라고도 할 만한 것은 거기에밖에 없었다.

처녀들은 죽음보다도 누에를 사랑했다. 그리고 낮 동안에는 높은 나뭇가지 위로 기어 올라갔다. 부끄러움을 무릅쓰고. 그러는 동안에도 해는 그 하얀 세피아 빛 과일을 태워버릴 것만 같이 내리쬐고 있었다.

어디에도 행복은 없다. 천사는 소년군(少年軍)처럼 도시로 모여들고 만 것이다.

비바람에 쓰러진 비석 같은 마을이여. 태고의 구비(口碑, 여러 사람이 입으로 전해 옮김)를 사는 촌사람들. 거기에 발명은 절대로 없다.

지난해처럼 옥수수는 푸짐하게 익어, 더욱더 숱한 주홍빛 수염을 바람에 나부끼고는, 초가을 고추잠자리가 나는 하늘에 잎 쏠리는 흥겨운 소리를 울렸다. 옥수수 수수깡을 둘러친 울타리엔, 황금빛 탐스러운 호박이 어떤 축구공보다도 더 크고 묵직하다.

산기슭 도수장(屠獸場, 소·돼지·양 따위의 짐승을 잡는 곳)은 오래도록 휴업 중이다. 아이들은 고무신을 벗어들고는, 송사리보다 조금 더 큰 붕어를 잡는다.

개들은 가족들이 보는 앞에서 마구 야위어 갔다. 그리고 결혼을 앞둔 처녀들은 얼굴이 노인처럼 변해갔다. 줄기는 힘없이 부러지기만 했고, 조 이삭 중 큰 것은 흡사 자살이라도 하는 것처럼 제 체중에 못이겨 모가지를 접질리곤 했다.

마른 뱅어처럼 딱딱하고 가느다란 콩 넝쿨은 길 잃은 자라처럼 땅바닥을 기고 있다. 거기에는 생식기 같은 콩 두서너 개가 달려 있을 뿐이다. 버들잎이 담겨 있는 시냇물까지 젊은 두 아낙네가 물동이를 이고 물을 길어 왔다. 그리하여 피(血)는 이어져 있다. 메마른 공기 속 깊숙이.

나는 물을 마셨다. 시원한 밤이 오장으로 흘러들었다.

귀뚜라미 소리가 한층 더 야단스럽고, 한결 더 선연해진 것 같다. 달 없는 천근(千斤)의 마당 안에. 귀뚜라미는 홀로 속세의 시끄러움 속에서 빠져나와 이 인외경(人外境, 사람이 살지 않은 곳)에서 울적하게 철학을 하고 있는 것은 아닐까. 하지만 그 야위도록 애태우는 소리는 어찌 된 것일까. 어쩌면 이 귀뚜라미는 지독한 염세주의자인지도 모른다. 램프의 위치는 어쩌면 그 화려한 자살 장소로 선정된 것이 아닐까. 그의 저 등가죽 밖에서 흥분과 주저는 어떠했던가.

귀뚜라미의 자살. 이를 통해 일가권속과 친구를 떠나, 세상의 한없는 따분함과 권태에서 벗어나 먼 낯선 땅으로 흘러온 고독한 나그네의 모습이 보이지 않는가.

나의 공상은 급기야 자살하려는 귀뚜라미를 향해 위안의 말을 늘어놓는다.

"귀뚜라미여! 영원히 침묵할 것인가. 귀뚜라미여! 너는 어쩌면 방울벌레인지도 모른다. 하지만 너는 네가 방울벌레라 해도 결국 침묵할 것이다. 죽어선 안 된다. 서울로 돌아가라. 서울은 지금 가을이 아니냐. 그리고 모든 애매미가 한껏 아름다운 목청을 뽑아 노래하는 계절이 아니냐. 서울에선 아무도 너를 기다리고 있지 않다는 말인가. 그래도 좋다. 어쨌든 너는 서울로 돌아가라. 그리고 노력하라. 그리하여 전과는 다른 의미에서 삶의 새로운 의의와 광명을 발견하라."

하지만 나의 이와 같은 우습지도 않은 혼잣말을 귀뚜라미는 결코 알수 없는가 보다. 어쩌면 귀뚜라미는 내심 나를 몹시 조소하면서도, 외관만은 모르는 척하고, 꿀 먹은 벙어리처럼 있는 것은 아닐까. 그렇게 생각하니 적잖이 불안하기까지 하다.

나는 이곳에 와서 누구와도 친하게 지내지 않았다. 모두 나를 싫어하는 것 같았기 때문이다. 사실 이곳에 온 지 일주일여 정도 지났을 때 그들 중 몇 사람이 슬금슬금 말을 걸어오기 시작했다. 하지만 나로서는 그것이 참을 수 없을 만큼 무서웠다. 그들은 도대체 내게서 뭘 탐지하려는 걸까. 내 악의 충동에 대해 똑똑히 알고 싶은 것이리라. 나는 위구(危懼, 염려하고 두려워 함)를 느껴 마지않았다. 이에 누구를 보건 간에 싱글벙글했다. 그렇게 함으로써 두려운 마음을 얼버무리는 수밖에 없었다.

아침부터 밤까지 나는 그저 싱글벙글했다. 그러자 어떤 사람은 이상하다는 듯 나를 쳐다보기도 했다. 하지만 그런 것에 결코 신경 쓰지 않았다.

이제 나는 귀뚜라미를 향해 어찌 싱글벙글할 수 있을까. 너의 혜안은 나의 위에 별처럼 빛나고 있거늘.

귀뚜라미는 아무것도 아직 써넣지 않은 나의 원고지 위에 앉아 있다. 나의 운명을 점쳐 주기라도 할 자세다. 그것은 마치 펜촉이 달리는 소리를 열심히 도청하고 있는 것만 같다.

"귀뚜라미여! 이 사각거리는 소리를 듣기만 해도, 너는 능히 나의 이 모자란 글을 읽어 낼 수 있을 것이다. 정녕, 선지자 같은 정돈된 그 이지적인 모습을 보면, 나는 그렇게 생각된다. 하지만 어쩌랴. 나는 이렇게 많은 거짓말을 하고 있다. 얄미운 놈이라고 생각하느냐, 요사한 놈이라고 생각하느냐? 하지만 너는 알 것이다. 보다 속 깊이 싹트고 있는 나의 악에 대한 충동을, 그리고 염치없는 나의 욕망, 그리고 큰 바다와 같은 나의 절망까지도. 나아가 너만이 나를 용서할 것이다. 나를 순순히 받아들여 줄 것이다."

그러나 귀뚜라미는 다시 흰 벽으로 옮겨 앉았다. 마치 내가 필설로도 호소할 수 없는 수많은 깊은 악과 고통마저 모두 알고 있다는 표정이다. 이를 통해 나는 나의 무능함이 여과 없이 폭로되는 것을 생생하게 지켜보았다. 이에 더욱 절망할 수밖에 없다.

－사후 발표, 1976년 7월 《문학사상》

산촌여정

_이 상

1

향기로운 MJB(미국산 '커피' 상표)의 미각을 잊어버린 지도 이십여 일이나 되었습니다. 이곳은 신문도 잘 오지 않고, 체전부(우체부) 역시 간혹 '하도롱(hard-rolled paper, 다갈색 종이로 봉투나 포장지를 만듦)' 빛 소식을 가져올 뿐입니다.

거기에는 누에고치와 옥수수의 사연이 적혀 있습니다. 마을 사람들은 멀리 떨어져 사는 친척 때문에 걱정이 이만저만 한 것이 아닌가 봅니다. 나도 도시에 남기고 온 일이 걱정됩니다.

건너편 팔봉산에는 노루와 멧돼지가 산다고 합니다. 기우제를 지내던 개골창(수챗물이 흐르는 작은 도랑)까지 내려와서 가재를 잡아먹는 '곰'을 본 사람도 있답니다. 동물원에서밖에 볼 수 없는 동물들을 직접 봤다니, 놀라울 따름입니다.

　산에 있는 동물을 사로잡아다가 동물원에 가둔 것이 결코 아닙니다. 그래서인지 동물원에 있는 동물을 산에다 풀어놓은 것만 같은 생각이 자꾸 듭니다.

　달도 없는 그믐칠야(漆夜, 옻칠한 듯 어두운 밤)면 팔봉산도 사람이 침소에 들 듯 어둠 속으로 완전히 사라지고 맙니다. 하지만 공기는 수정처럼 맑고, 별빛만으로도 충분히 좋아하는《누가복음》을 읽을 수 있습니다. 참별 역시 도시보다 갑절이나 더 많이 뜹니다. 너무 조용해서 별이 움직이는 소리가 들릴 것만 같습니다.

　객줏집 방에는 석유 등잔을 켜놓습니다. 도시의 석간(夕刊)과 같은 그윽한 냄새가 소년 시절의 꿈을 부릅니다.

　정형! 그런 석유 등잔 밑에서 밤이 깊도록 '호까'― 연초갑지(煙草匣紙, 담배를 싸는 종이)를 붙이던 생각이 납니다. 벼쨍이(베짱이)가 한 마리가 등잔에 올라앉더니, 연둣빛 색채로 혼곤한(정신이 흐릿하고 고달픈) 내 꿈에 영어 'T'자를 쓰고, 유(類) 다른 기억에다는 군데군데 '언더라인'을 그어 놓습니다. 이에 나는 슬퍼하는 것처럼 고개를 숙이고 도시의 여차장이 차표 찍는 소리와도 같은 그 음악을 가만히 듣습니다. 그러면 그것이 또 이발소 가위 소리와도 같아, 눈을 감고 가만히 그 소리를 들어봅니다. 그리고 비망록을 꺼내어 머룻빛 잉크로 산촌의 시정(詩情)을 기록하기 시작합니다.

그저께 신문을 찢어버린

때 묻은 흰나비

봉선화는 아름다운 애인의 귀처럼 생기고

귀에 보이는 지난날의 기사

얼마 후면 목이 마릅니다. 자리물— 심해처럼 가라앉은 냉수를 마십니다. 석영질 광석 냄새가 나면서 폐부(肺腑)에 한란계(寒暖計, 온도계) 같은 길을 느낍니다. 백지 위에 싸늘한 곡선을 그리라면 그릴 수도 있을 것 같습니다.

푸른 돌을 얹은 지붕에 별빛이 내리면 한겨울에 장독 터지는 것 같은 소리가 납니다. 벌레 소리 역시 요란합니다. 가을이 엽서 한 장 적을 만큼 천천히 오기 때문입니다. 이런 때 무슨 재주로 광음(光陰, 시간의 흐름)을 헤아리겠습니까?

맥박소리가 방안을 시계로 만들어버리고, 그 장침과 단침(시계의 두 바늘)의 나사못이 돌아가느라 양쪽 눈이 번갈아 간질간질합니다. 코로 기계기름 냄새가 드나듭니다. 석유 등잔 밑에서 졸음이 오는 기분입니다. '파라마운트(미국의 영화 제작회사)' 상표처럼 생긴 도시 소녀가 나오는 꿈을 조금 꿉니다. 그러다가 도시에 남겨두고 온 가난한 식구들을 꿈에서 봅니다. 그들은 마치 사진 속의 포로처럼 나란히 늘어서 있습니다. 그리고 내게 걱정을 안깁니다. 그러면 그만 잠이 확 깨어버립니다.

차라리 죽어버릴까란 생각을 해봅니다. 벽의 못에 걸린 다 해어진 내

저고리를 쳐다봅니다. 그러고 보니, 그것은 서도천리(西道千里, 황해도와 평안도)를 나를 따라서 여기에 와 있습니다, 그려!

2

등잔 심지를 돋우고 불을 켠 후 비망록에 철필로 군청 빛 '모'를 심어갑니다. 불행한 인구가 그 위에 하나하나 탄생합니다. 조밀한 인구가──

'내일은 온종일 화초만 보고 탈지면(脫脂線)에다 '알코올'을 묻혀서 온갖 근심을 문지르리라'는 생각을 해봅니다. 너무나 꿈자리가 뒤숭숭해서 그렇습니다. 화초가 피어 만발하는 꿈, '그라비어'(Gravur, 사진 제판에 사용되는 인쇄법) 원색판 꿈, 그림책을 보듯이 즐겁게 꿈을 꾸고 싶습니다. 간단한 설명을 위해 상쾌한 시를 지어서 칠(七) '포인트' 활자로 배치하는 것도 좋을 것 같습니다.

도시에 화려한 고향이 있습니다. 활엽수만으로 된 산이 고향의 시각을 가려 버린 이 산촌에 팔봉산 허리를 넘는 철골전신주가 소식의 제목만을 부호로 전하는 것 같습니다.

아침에 볕에 시달려서 마당이 부스럭거리면 그 소리에 잠을 깹니다. 하루라는 '짐'이 마당에 가득한 가운데 새빨간 잠자리가 병균처럼 움직입니다.

잔 석유 등잔에 불이 아직 켜져 있습니다. 그 안에 사라진 밤의 흔적이 낡은 조끼 '단추'처럼 고스란히 남아 있습니다. 이는 어젯밤을 다시 방문할 수 있는 '요비링(초인종)'입니다.

지난밤의 체온을 방 안에 내던진 채 마당으로 나갑니다. 마당 한 모퉁이에는 화단이 있습니다. 불타오르는 듯한 맨드라미꽃 그리고 봉선화. 지하에서 빨아올리는 이 화초들의 정열에 호흡이 부쩍 더워집니다. 여기 처녀들 손톱 끝에 물들일 봉선화 중에는 흰 것도 섞여 있습니다. 흰 봉선화도 붉게 물들까? — 조금도 이상스러울 것 없이 흰 봉선화는 꼭두서니 빛으로 곱게 물들 것입니다.

수수깡 울타리에 '오렌지' 빛 여주가 열려, 강낭콩 넝쿨과 어우러져 '세피아' 빛을 배경으로 한 폭의 병풍을 연출합니다. 그 끝에는 노란 호박꽃이 피어 있는데, 소박하면서도 대담한 그 위로 '스파르타' 식 꿀벌이 한 마리 앉아 있습니다. 그것은 녹황색에 반영되어 '세실.B. 데밀(미국의 유명한 영화감독으로 〈십계〉, 〈삼손과 델릴라〉 등을 만듦)'의 영화처럼 화려하기만 합니다. 귀를 기울이면 '르네상스' 응접실에서 들리는 선풍기 소리가 납니다.

야채 '사라다(샐러드)'에 들어가는 '아스파라거스' 잎사귀 같은 화초가 있어, 객줏집 아이에게 물어봅니다.

"기상꽃—기생화(妓生花)는 어떤 꽃이 피나?"

—진홍 비단 꽃이 핀답니다.

조상들이 지정하지 아니한 '조 세트(우아한 여름 옷감)' 치마에 '웨스트민스터(영국 담배 이름)'를 감아놓은 것 같은 도시 기생의 아름다움을 떠올려 봅니다. 박하보다도 훈훈한 '리그래 츄잉껌(미국 껌 이름)' 냄새, 두꺼운 장부를 넘기는 듯한 그 입맛 다시는 소리— 그러나 여기에 필 기생 꽃은 분명히 혜원(화가 '신윤복'의 호)의 그림에서 본 것 같은— 혹은 우리가 어린 시절 봤던 인력거에서 홍일산(붉은색 양산)을 바쳐 쓰던 지난날 삽화 속의 기생일 것입니다.

청등호박(겉이 단단하고 씨가 잘 여문 호박)이 열렸습니다. 호박꽃 자리에 무시루떡— 그 훅훅 끼치는 구수한 냄새를 좇아서 증조할아버지의 시골뜨기 망령은 정월 초하룻날 또는 한식날 우리를 찾아오는 것입니다. 그러나 저 국가 백 년의 기반을 생각하게 하는 넓적하고도 묵직한 안정감과 침착한 색채는 '럭비' 공을 안고 뛰는 이 '제너레이션(Generation)'의 젊은 용사의 굵직한 팔뚝을 기다리는 것 같습니다.

유자가 익으면 껍질이 벌어지면서 속이 삐져나온다고 합니다. 하나를 따서 실 끝에 매어서 방에다 걸어둡니다. 물방울 져서 떨어지는 풍염(豊艶, 얼굴 생김새가 살지고 아름다움)한 미각 밑에서 연필처럼 수척해져 가는 이 몸에도 조금씩 살이 오르는 것 같습니다. 그러나 이 채소도, 과일도 아닌 '유머러스'한 용적에는 아무런 향기도 없습니다. 세숫비누에 한 겹씩 한 겹씩 해소되는 도시의 육향(肉香)만이 방안을 배회할 뿐입니다.

3

  팔봉산 올라가는 초경(草徑, 수풀로 덮인 지름길) 입구 모퉁이에 최 ㅇㅇ 송덕비와 또 ㅇㅇㅇㅇ 아무개의 영세불망비(永世不忘妃)가 항공우편 '포스트'처럼 서 있습니다. 듣자하니, 그들은 아직 다들 생존해 있다고 합니다. 우습지 않습니까?

  교회가 보고 싶었습니다. 그래서 '예루살렘' 성역으로부터 수만 리 떨어져 있는 이 마을의 농민들까지도 모두 사랑하는 신 앞으로 회개하게 하고 싶었습니다. 발길이 찬송가 소리 나는 곳으로 갑니다.

  누군가 포플러나무 아래 '염소' 한 마리를 매어 놓았습니다. 구식으로 수염이 났습니다. 나는 그 앞에 가서 그 총명한 동공을 들여다봅니다. '세룰로이드'로 만든 정교한 구슬을 '오브라―드(oblato, 전분으로 만든 얇은 원형의 부편. 투명한 전분지)'로 싼 것 같이 맑고, 투명하고, 깨끗하고, 아름답습니다. 도색(桃色, 복숭아색) 눈자위가 움직이면서 내 삼정(三停, 머리와 이마의 경계 및 코끝과 턱 끝)과 오악(伍岳, 이마 · 코 · 턱 · 좌우 관골)이 고르지 못한 빈상(貧相, 가난한 관상)을 업신여기는 중입니다.

  옥수수밭은 일대 관병식(觀兵式, 군대의 행진을 지켜보는 예식)입니다. 바람이 불면 갑주(甲胄, 갑옷과 투구) 부딪치는 소리가 우수수 납니다. '카―마인(carmine, 연지벌레에서 뽑아낸 홍색 물감)' 빛 꼬고마(군인이 벙거지에 꽂던 붉은 털)가 뒤로 휘면서 너울거립니다.

팔봉산에서 총소리가 들렸습니다. 장엄한 예포소리가 분명합니다. 그러나 그것은 내 곁에서 소조(小鳥, 작은 새)의 간을 떨어뜨린 공기총 소리였습니다. 그러면 옥수수 밭에서 백·황·흑·회, 또 백, 가지각색의 개가 퍽 여러 마리 열을 지어서 걸어 나옵니다. '센슈얼'한 계절의 흥분이 이 '코사크(Cossack, 카자흐의 영어식 이름)' 관병식을 한층 더 화려하게 합니다.

산삼이 풀어져 흐르는 시내의 징검다리 위에는 백채(白菜, 흰 채소) 씻은 자취가 남아 있습니다. 풋김치의 청신(淸新, 푸릇푸릇하고 풋풋한)한 미각이 안약 '스마일'을 연상시킵니다.

화성암으로 반들반들한 징검다리 위에 삐뚤어진 N자처럼 쪼그리고 앉아 있으면 물동이를 머리에 인 채 주저하는 두 젊은 새색시가 다가옵니다. 이에 미안해서 일어나기는 하지만 일부러 마주 보며 걸어가 그녀들과 스칩니다. '하도롱' 빛 피부에서 푸성귀(사람이 가꾼 채소나 저절로 난 나물 따위를 통틀어 이르는 말) 냄새가 납니다. '코코아' 빛 입술은 머루와 다래로 젖어 있습니다. 나를 쳐다보지 못하는 동공에는 정제된 창공이 '간쓰메(통조림)'가 되어 있습니다.

M 백화점 '미소노(1930년대 일제 화장품 이름)' 화장품 '스윗걸(Sweet girl)'이 신은 양말은 이 새색시들의 피부색과 똑같은 소맥(밀) 빛이었습니다. 삐뚜름하게 붙인 유선형 모자 고양이 배에 '화—스너(Fastener, 지퍼나 클립고 같이 분리된 것을 잠그는 데 쓰는 기구의 총칭)를 장치한 가벼운 '핸드백'— 이렇게 도시의 참신한 여성을 연상해 봅니

다. 그리고 새벽 '아스팔트'를 구르는 창백한 공장 소녀들의 회충과도 같은 손가락을 떠올립니다. 이렇듯 온갖 계급의 도시 여인들의 연약한 피부를 통해 그네들의 육중한 삶을 느끼지 않습니까?

4

가난하지만 무명처럼 튼튼한 피부에는 오점이 없고, '츄잉껌', '초콜레이트' 대신 달짝지근한 꼬아리(꽈리)를 부는 이 숭굴숭굴한 시골 새색시들을 나는 더 알고 싶습니다. 축복해주고 싶습니다.

교회는 보이지 않습니다. 도시 사람들의 교활한 시선이 수줍어서 수풀 사이로 숨어버리고 종소리의 여운만이 근처에 냄새처럼 남아서 배회하고 있습니다. 혹 그것은 안식을 잃은 내 영혼이 들은바, 환청에 지나지 않았는지도 모릅니다.

조밭 한복판에 높은 뽕나무가 있습니다. 뽕 따는 새색시가 전공부(電工夫, 전기기사)처럼 나무 위에 높이 올랐습니다. 거기에는 순백의 가장 탐스러운 과일이 열려 있습니다. 두 명은 나무에 오르고, 한 명은 나무 아래서 다랭이(대야)를 채우고 있습니다. 한두 잎만 따도 다랭이가 철철 넘치는 민요의 무대면(舞臺面, 무대 위에 나타나는 장면이나 정경)입니다.

조 이삭은 모두 말라 죽었습니다. '코르크'처럼 가벼운 이삭이 근심스럽게 고개를 숙였습니다. 오— 비야, 좀 오려무나.

해면처럼 물을 빨아들이고 싶어 죽겠습니다. 그러나 하늘은 구름 한 점 없이 푸르고, 맑으며, 부숭부숭(핏기 없이 조금 부은 듯한 모양)할 뿐입니다. 마치 깊지 않은 뿌리의 SOS 암반 아래를 흐르는 지하수에 다다를 지경입니다.

두 소년이 고무신을 벗어들고 시냇물에 발을 담궈 고기를 잡습니다. 지상의 원한이 스며 흐르는 정맥— 그 불길하고 독한 물에 어떤 어족이 살고 있는지— 시내는 대지의 신열을 뚫고 벌판이 기울어진 방향으로 흐르고 있습니다. 그것은 가을의 풍설(風說, 바람처럼 떠도는 소문)입니다.

혹시 가을이 올 터인데, 와도 좋으냐?고 쏘근쏘근(소곤소곤)하지 않습니까? 조 이삭이 초례청(醮禮廳, 초례를 치르는 장소) 신부가 절할 때 나는 소리처럼 부스스— 구깁니다. 노회한 바람이 조 이파리에 난숙(爛熟, 너무 익음)을 최촉(催促, 재촉)하는 것입니다. 하지만 조의 마음은 푸르고 초조하며 어릴 뿐입니다.

조밭을 어지럽힌 사람은 누구일까요? — 기왕 한 될 조여든— 그런 마음으로 그랬을까요? 몹시도 어지럽혀 놓았습니다. 누에— 호호(戶戶, 집집)에 누에가 있습니다. 조 이삭보다도 굵직한 누에가 삽시간에 뽕잎을 먹습니다. 이 건강한 미각은 왕후와 같이 존경스러우며 치사(侈奢, 사치와 같은 말)합니다.

새색시들은 뽕 심부름하는 것으로 마지막 영광을 삼습니다. 그러나 뽕이 떨어졌습니다. 온갖 폐백이 동난 것처럼 새색시들의 정열 역시 빛이 바랍니다.

어둠을 틈타 새색시들은 경장(輕裝, 가벼운 옷차림)으로 나섭니다. 얼굴의 홍조가 가리키는 방향으로— 뽕나무에 우승컵이 놓여 있습니다. 그리로만 가면 되는 것입니다.

조밭을 짓밟습니다. 자외선에 맛있게 불태운 새색시들의 발이 그대로 조 이삭을 밟고 '스크럼(Srcum)'을 짭니다. 그리하여 하늘에 닿을 지성이 천고마비 잠실(누에가 있는 방) 안에 있는 성스러운 귀족 가축들을 살찌게 하는 것입니다. '콜레트 부인(프랑스의 여류 소설가)의 〈빈묘(牝猫), 암고양이〉을 생각하게 하는 말캉말캉한 '로맨스'입니다.

5

간이학교 곁집 길가에서 들여다보이는 방안에서 누에 틀 소리가 납니다. 편발처녀(머리를 땋아 내린 처녀)가 맨발로 기계를 건드리고 있습니다. 기계는 허리를 스치는 가느다란 실이 간지럽다는 듯이 깔깔거리며 웃고 있습니다. 웃으며, 지근대며 명산 ○○ 명주가 짜여 나오니, 열댓 자 수건이 성묘 갈 때 입을 때때옷을 만들고, 시집살이 설움을 씻어주며, 또 꿈과 꿈을 말소하는 쓰레받기도 되고— 이렇게 실없는 내 환희(幻戲, 환상)입니다.

담뱃가게 곁방 안에 황혼을 미리 가져다 놓았습니다. 침침한 몇 '가론(Gallon)'의 공기 속에 생생한 침엽수가 울창합니다. 황혼에만 사는 이민 같은 이국 초목에는 순백의 갸름한 열매가 무수히 열렸습니다. 고치— 귀화한 '마리아'들이 최신 지혜의 과일을 단려(端麗, 단정하고 아름다운)한 맵시로 따고 있습니다. 그 아들의 불행한 최후를 슬퍼하며 '크리스마스트리'를 헐어 들어가는 '피에다(Pieta, 예수의 시체를 안고 슬퍼하는 마리아상) 화폭 전도입니다.

학교 마당에는 '코스모스'가 피어 있고 생도들은 글을 배우고 있습니다. 그들은 열심히 간단한 산술을 놓아 그들의 정직과 순박함을 지혜와 교활로 환산하고 있습니다. 탄식할 이식산(利息算, 이자 계산)이 아니고 무엇이겠습니까?

족보를 찢어 버린 것과 같은 흰 나비 두어 마리가 분필 냄새 나는 화단 위에서 번복(飜覆, 고치거나 바꾸는 일)이 무상합니다. 또 연식 '테니스' 공의 마개 뽑는 소리가 음향의 흔적이 되어서는 등고선의 각 점 모양으로 남아 있는 것 같습니다. 이 마당에서 오늘 밤에 금융조합 선전 활동사진회가 열립니다. 활동사진? 세기의 총아— 온갖 예술 위에 군림하는 '넘버' 제8 예술의 승리. 그 고답적이고도 탕아적인 매력을 무엇에다 비하겠습니까? 그러나 이곳 주민들은 활동사진에 대해서 한낱 동화적인 꿈을 갖고 있습니다. 그림이 움직일 수 있는 이것은 홍모(紅毛, 붉은 머리) 오랑캐의 요술을 배워 온 것입니다. 참으로 부러운 재주입니다.

활동사진을 보고 난 다음에 맛보는 담백한 허무— 장주(莊周, 장자)의 호접몽이 이랬을 것입니다. 나의 동글납작한 머리가 그대로 '카메라'가 되어 피곤한 '더블렌즈(Double lens)'로 나마 몇 번이나 이 옥수수가 무르익어가는 초추(初秋, 초가을)의 정경을 촬영하고 영사하였던가? — '플래시백(Flashback, 영화에서 과거를 회상하는 장면)'으로 흐르는 엷은 애수— 도시에 남아 있는 몇몇 고독한 '팬'에게 보내는 단장(斷腸, 애를 끊는)의 '스틸(Still, 영화 장면을 사진기로 찍어 확대 인화한 사진)'입니다.

6

밤이 되었습니다. 초열흘 가까운 달이 초저녁이 조금 지나면 나옵니다. 마당에 멍석을 펴고 전설 같은 시민이 모여듭니다. 축음기 앞에서 고개를 갸웃거리는 북극 '펭귄'들과 무엇이 다르겠습니까. 짧고 기다란 삶을 적어 내려갈 편전지(便箋紙, 편지지)— '스크린'이 박모(薄暮, 땅거미) 속에서 '바이오그래피(Biography, 전기)'의 예비표정입니다. 내가 있는 건너편 객줏집에 든 도시풍 여인도 왔나 봅니다. 사투리의 합창이 마당 안에서 들립니다.

자, 이제 시작되었습니다.

부산 잔교(棧橋, 부두에서 선박에 걸쳐놓아 화물을 싣고 부리거나 선객이 오르내리게 된 다리)가 나타납니다. 평양 모란봉도 보이네요. 압록

강 철교도 보입니다. 하지만 박수갈채를 받은 명감독의 얼굴이 보이지 않습니다.

십분 휴식시간에 조합 이사의 통역이 있었습니다. 달은 구름 속에 있습니다. 금연―이라는 느낌입니다. 통역하는 이사 얼굴에 전등의 '스포트라이트(Spotlight)'도 비쳤습니다. 산천초목이 모두 경동할 일입니다. 전등―이곳 촌민들은 ○○ 행 자동차 '헤드라이트' 외에 전등을 본 일이 결코 없습니다. 그 눈부시게 밝은 광선속에서 창백한 이사는 강단(降壇, 단상에서 내려옴)하였습니다. 우매한 백성들은 이사의 통역에 단 한 사람도 박수를 치지 않았습니다. ―물론 나 역시 그 우매한 백성 중 하나일 수밖에 없었습니다만―

밤 열한 시가 지나자, 영화감상은 '해피엔드'로 끝이 났습니다. 조합원과 영사기사는 단 하나밖에 없는 음식점에서 위로회를 열었습니다. 나는 객사로 돌아와서 죽어가는 등잔 심지를 돋우고 독서를 시작했습니다. 이웃 방에 묻고 있는 노신사께서 내 게으름과 우울을 훈계하는 뜻으로 빌려주신 것으로, 고우다 로한(辛田露伴) 박사가 지은 《人의 道》라는 진서(珍書, 귀중한 책)입니다.

멀리서 개소리가 끊임없이 들려옵니다. 그윽한 '하이칼라' 방향(芳香, 꽃다운 향기, 좋은 냄새)을 못 잊는 사람들이 아직 헤어지지 않았나 봅니다.

구름이 걷히고 달이 나왔습니다. 벌레 소리가 마치 무도회의 창문이라도 열어놓은 것처럼 요란스럽기 그지없습니다.

알지도 못하는 낯선 이를 사모하는 도회인적인 향수가 있습니다. 신간 잡지의 표지처럼 신선한 여인들— '넥타이'와 동갑인 신사들, 그리고 창백한 여러 친구— 나를 기다리지 않는 고향— 도시에 내 나체의 말을 번역해서 보내주고 싶습니다. 잠— 성경을 채자(採字, 좋은 글을 가려 뽑음) 하다가 엎질러 버린 인쇄 직공이 아무렇게나 주워 담은 지리멸렬한 활자의 꿈. 나도 갈가리 찢어진 사도가 되어서 세 번 아니라 열 번이라도 굶은 가족을 모른다고 하렵니다.

근심이 나를 제외한 세상보다도 훨씬 큽니다. 갑문(閘門, 수문)을 열면 폐허가 된 이 육신으로 근심의 조수가 스며들어 올 것입니다. 그러나 나는 나의 '메소이스트' 병마개를 아직 뽑지 않으렵니다. 근심은 나를 싸고 돌며, 그러는 동안 이 육신은 풍마우세(風磨雨洗, 바람에 닦이고 비에 씻겨나감)로 저절로 다 말라 없어지고 말 것이기 때문입니다.

밤의 슬픈 공기를 원고지 위에 깔고 얼굴 창백한 친구에게 편지를 씁니다. 그 속에 내 부고(訃告, 죽음을 알림)도 동봉하였습니다.

-1935년 9월 27일~10월 11일 〈매일신보〉
*이글에 나오는 '정형'이라는 사람은 소설가 정인택으로 보임

기억의 갈피 속에 곱게 접어 넣어뒀던 잊을 수 없는 여름 이야기

내가 가장 행복했던 순간

이상 · 채만식 · 이효석 외 지음 | 값 10,000원

빛바랜… 그러나 결코 잊을 수 없는
수채화처럼 맑고 투명한 스물아홉 편의 여름 이야기

우리 문학사의 내로라하는 작가들이 말하는 여름에 관한 진한 추억과 감동.
새벽 비가 내린 뒤 맑게 갠 여름 아침을 수채화처럼 맑고 투명하게 그리기도
했으며, 마냥 설레게 했던 사랑의 추억을 수줍게 고백하기도 했다. 더러는 칠
흑 같은 여름 밤하늘에 뜬 아름다운 별에 관한 판타지와 함께 고향 이야기를
들려주기도 한다. 미처 휴가를 떠나지 못한 이들을 위로하는 이야기도 있다.
그래서일까. 채 휘발되지 않은 그리움을 가득 담은 그들의 이야기를 듣고 있노
라면 나도 모르게 가슴이 설렘을 느낄 수 있다.
이에 그 어떤 아름다운 수식어도 여름을 그들보다 더 생생하고 아름답게 표현
할 수는 없을 것이다. 마치 손을 뻗으면 손끝에 닿을 것만 같다.
이 책을 읽다보면 오랫동안 잊고 있었던 어린 시절의 기억이 새록새록 떠오를
지도 모른다. 책장을 넘길 때마다 되살아나는 작가들의 여름에 관한 기억이 소
중한 추억과 함께 가슴에 진한 잔향을 선사하기 때문이다.